九歌学术文丛

乡土田园的悲歌

丁 帆 著

南京大学出版社

目 录

序言 守正、独立与人文
　　——论丁帆先生的学术研究与文学批评
　　　　　　　　　　　贺仲明　001

新时期风俗画小说纵横谈　　　　　　　012

论新时期乡土小说的递嬗和演进　　　　029

乡土小说的多元与无序格局　　　　　　050

20世纪中国地域文化小说简论　　　　　069

中国大陆与台湾乡土小说比较论纲　　　087

"城市异乡者"的梦想与现实
　　——关于文明冲突中乡土描写的转型　098

中国乡土小说生存的特殊背景与价值的失范　　125

中国乡土小说研究的百年流变　　147

面对乡土　如何选择
　　——从作家对乡土文学的观念视角谈起　　165

访谈：关注乡土就是关注中国

　　　　　　　　　　　　舒晋瑜　丁　帆　　187

序言 守正、独立与人文

——论丁帆先生的学术研究与文学批评

贺仲明

近年来，受商业文化大潮等多种因素影响，文学研究和文学批评都在一定程度上陷入困顿，学术推进固然是难言深入，批评风气更是让人堪忧。然而，数十年来，丁帆先生在学术研究和文学批评生涯中，却能够持守和自律，保持着学术研究和文学批评的应有品格。他既具有突出的学术成就和批评影响力，也具有在学术精神和方法上的启示意义。

一 守正学术：乡土小说研究

丁帆先生是中国乡土小说研究的领军学者，甚至在一定程度上可以说是这个研究领域的开拓者。在此，也充分体现了丁帆先生学术研究的守正姿态，具体说就是采用传统的学术研究方法，抵达研究高峰。

首先，体现在对理论的深入开拓上。任何学术研究，理论是最重要的前提。没有系统、科学的理论，学术研究就很难做到严谨和深入。乡土小说创作由鲁迅首倡，理论上则得到周作人、茅盾等人的进一步深化，但是，由于思想意识上的分歧和多种外在因素影响，在现当代文学研究中，对乡土小说概念内涵、审美特征等问题的认识长期处于零散和争议状态。丁帆先生对此有敏锐的自觉，早在其1992年出版的学术著作《中国乡土小说史论》中就花费大量笔墨，对乡土小说的文化内涵和审美特征等问题进行了深入思考。特别是其提出将"三画四彩"作为乡土小说审美基本内涵，言简意赅，切中肯綮，迅速得到业界广泛认同，成为共识。此后，丁帆先生持续不断进行理论思考，比如近年来对乡土小说与现代性、后现代性之间复杂关系的研究，以及从生态文学思想角度对"风景""人文"等问题的探讨，都对乡土小说理论有进一步深化。正是因为有深厚的理论思辨作为基础，丁帆先生的乡土小说思想建构显得清晰而深刻，对这一学术领域的研究起到了非常重要的引领作用。

其次，宽阔的学术视野和比较的研究方法。丁帆先生的乡土小说研究领域非常广泛，时间是包括从五四、30年代、"十七年"等一直到当下的整个现当代时期，空间上则涵盖中国大陆和台湾两地，还包括部分西方著名乡土文学作品。宽阔的学术视野赋予丁帆先生以审视的高度，也给予他研究方法上的灵活自如，其中最为突出的就是在多个维度上的广泛深入比较。

一方面，他善于从现当代乡土小说各阶段的内在比较中发现规律和问题。无论是谈论当前文学还是其他时段文学，他从不孤立地看待，而是将其置于深远的文学史背景，在纵向的历史中与同类作品的显在或潜在比较中认识批评对象。对作家作品的评价，也是与具体的文学发展历史语境密切关联，在乡土小说发展的百年历史河流中来总结其特色和贡献，在文体和思想的漫长演变中发现其创新和弊端。另一方面，他也广泛采用外部比较，就是将其与中国大陆之外的其他国家和地区乡土小说进行关联和比较。如《乡土小说的世界性发展轮廓》就是将中国乡土小说发展置于世界文学的大背景中，在更深远的文学环境中进行审视和考察。事实上，在丁帆先生对中国现当代乡土小说思潮和作家作品的研究中，许多文章的视角背景都是整个的中外文学史，特别是西方现代文学史。

历史比较是一种对研究对象的对比考察，同时也是一种理论和思想观念的历史梳理。因为文学创作不是孤立存在，而是与文学思想、文学观念的演变有着深刻的联系。因此，对不同时代的文学观念进行梳理和剖析，揭示这些观念与文学创作的复杂关系，能够更全面地揭示出文学创作发展变化和差异性形成的复杂原因。这样的比较，不只是能够将比较对象的得失看得更清楚，还能够深化对不同时期文学状况的认识，更是对文学理论观念鲜活而深入的阐释，是文学批评和文学理论的深度结合。

　　再次，知人论世的学术思想和立足文本的切实风格。知人论世是中国传统文学研究最重要的方法之一，就是将批评对象置于其具体的文化环境中去考察，结合其产生的时代文化和政治环境，在对历史情景的还原中展开研究。知人论世的批评方法与中国文化思想观念有着内在关联，也得到人们广泛的接受与认可。在这种观念中，文学不仅仅是文学，也不仅仅具有审美性，它的内涵价值与社会文化有着复杂而丰富的联系。文学的创作者，既是时代的产物，也兼具文化接受者和传播者的双重使命。文学研究，就必然要兼顾社会文化、作家和作品三方面的内容。

　　知人论世方法与比较研究方法往往不是分割而是统一的。丁帆先生的乡土小说研究就充分体现出二者的高度合一。如《两岸乡土小说的共同文学背景及异质话语的解剖》《中国大陆与台湾乡土小说比较论纲》等对大陆与台湾乡土小说的比较研究中，就充分以文化背景为基础。在他看来，由于大陆和台湾乡土小说都是在"五四"新文学的影响下产生，却又经历了半个多世纪的不同政治文化背景，因此，它们呈现出不同的创作特点和发展路向。应该说，这些论断立足于充分的历史、文化基础，结论是很准确的。同样，研究新时期乡土小说的文章《新时期乡土小说与市井小说：民族文化心理结构的解构期》，也是充分联系民族文化心理结构，将文学思潮与其产生的社会文化环境进行深度关联。在作者看来，文学是文化变迁的外在体现，自身也折射着时代社会在精神层面的迁移，每一种文学创作潮流的背后都有着可以察见的深层文化动因。

与知人论世观念高度一致，丁帆先生的乡土小说研究还将重心下沉到文本，始终从最基础也是最重要的作家作品入手。他对从鲁迅、茅盾到当前文学的几乎所有重要乡土小说作家都有细致的评论和研究，其理论思考就是建构于这些厚重扎实的作品研读之上，因此，他的研究既充满文学本身的淋漓元气，也渗透其自身的文学感悟，兼具学术的严谨和文学的灵性。我以为这是文学研究的高度境界，也体现了优秀学术所具有的精神品质。

二 独立意识与创新精神

从1980年代初开始，丁帆从事文学批评已经有40多年的历史。他最突出的批评特色就是独立意识和创新精神。对于文学批评家来说，一个重要考验就是价值立场问题。因为文学批评工作所面对的往往是现实中的对象，其中自然会存在同事、朋友、师长等各种关系因素，更有各种社会政治因素的制约和影响。这些影响，很容易导致不良的批评风气，出现大量态度暧昧的"骑墙派"和一味吹捧的"表扬派"，严重匮乏直面缺点和创造性的思想。

丁帆先生的文学批评表现出自己的显著风格特征。最为突出的，是其批评毫不隐讳自己的价值立场，做出明确的价值评判。正因此，他在一篇文章中特别提到文学批评中"价值判断"的重要意义："事实上，在整个共和国五十年的文学史中的文本、思潮中，没有一个纯粹的、在事实层面可以剔除价值判断的空间，这是充满'价值判断'的五十年。"[1] 在具体的文学批评中，他更呈现出强烈的独立思考精神，许多文章不循成见，表达出尖锐而犀利的价值立场。

这既体现在对一些文学思潮的认识上，也体现在对一些作家作品的批评上。比如对"十七年文学"的评价。学术界对"十七年文学"有着较大争议，丁帆先生的态度始终旗帜鲜明。他始终坚持以"人文"为中心来衡量"十七年文学"，指出其在人性揭示和人文关怀上的严重不足，并以此对这时期的文学创作整体进行了基本上的批判和否定。更能见出丁帆先生独立思考精神的，是20世纪90年代中期对莫言《红蝗》的批评。莫言是当代文学中一个富有挑战性和创新性的作家。他的许多思想观念来源于中国乡村，与文学界的主流构成较为显著的区别和反差。也正因为这样，他的很多作品一问世就遭遇到很多的批评和质疑，《红蝗》就是其中之一。很多人认为这部作品对母亲形象的塑造严重背离了传统伦理文化，对丑恶的渲染也

---

[1] 丁帆：《二十世纪后半叶中国文学研究的价值立场》，《粤海风》2001年第4期。

是对中国传统审美习惯的严重亵渎。然而,丁帆先生的《亵渎的神话——〈红蝗〉的意义》一文却大胆为《红蝗》进行辩护,从现代美学的角度肯定作品的创新意义,并赋予了作品深刻的文化批判内涵。由于其论证合理,思路严密,其观点得到广泛的认同,并拓展了人们对莫言文学创作的整体认识。

还有一点值得指出的是,丁帆先生的独立批判意识不只是针对别人,更是包含有针对自我的严厉解剖,体现出作者强烈的自我反思精神。如《怎样确定历史的和美学的坐标——重读〈钢铁是怎样炼成的〉札记》一文。作品针对曾经对中国当代文化影响巨大的著名小说《钢铁是怎样炼成的》,结合其翻译和流行的时代环境进行分析,并由此延伸出对红卫兵"青春无悔"的批判性反思。事实上,这种反思并非只指向别人,也包括他自己。丁帆先生多次提到,他也是"红卫兵"一代,也是曾经喝过"狼奶"的。[1] 与一些人想方设法掩饰乃至篡改自己过去的生活经历,以及以"青春无悔"为托词回避自我反思的表现相比,丁帆先生这种自我反思和批判意识之价值是显而易见的。

独立的思考往往意味着创新。因为跟在别人后面思考是很难突破的,只有融入自己独特的生命体验,从自己的生命感受出发去理解,才能够得到与其他人不一样的认识和见解。所以,丁帆先生的文学批评还具有另一个突出特点,就是强烈的

---

1 参见丁帆《夕阳帆影》,北京,知识出版社,2001年。

创新精神。前面提到他在乡土小说等领域的研究都充满新见，在对具体文学现象和作家作品的论述中也是如此。比如《新写实小说对西方美学观念和方法的借鉴》《新现实主义小说的挣扎——关于近年来一种小说现象的断想》这两篇文章，都以比较方法为基础，凸显出1990年代初一些呈现新颖特征的写实作品，充分体现了引领时代的创新思想。这两篇文章很好地推进了1990年代初的"新写实小说"的潮流，也深化了对中国当代现实主义文学理论的认识。

丁帆先生的文学批评与他的学术研究具有着内在的关联，或者说形成一种互补和促进的关系。其学术研究对文学批评具有重要的精神滋养，特别是深广的历史意识构成其文学批评丰富的创新底色。因为任何文学作品的优劣都是相对的，只有将其放在庞大而深远的文学丛林中，才能看出一部作品与优秀作品的距离以及其所具有的特色。而一个批评家如果能够拥有深广的文学史视野和文化背景意识，就自然能够更准确地看清一部作品的价值和得失，能够以敏锐的触角发现问题，能够发他人所未发，见他人所未见。

所以，不能说丁帆先生文学批评的所有观点都是正确的，但毫无疑问，即使其中存在偏见，也绝对渗透着深刻和睿智。因为它们都是作者发自内心的真诚思考，融合着作者深厚的文学史背景和文学理论素养，包含着其独特生命体验，是一种具有生命力和丰富创造性的文学批评。

三 人文精神的深层内核

丁帆先生的文学研究和文学批评各有侧重，却贯穿着一个共同的核心，那就是人文精神。近年来，"人文"二字已经成为很多人不愿谈及的"雷区"，更有一些人对它进行有意识的解构，将之作为滞后于时代的价值观念。

在这种环境下，丁帆先生对人文思想的坚持显得相当醒目和突出。他在文章中多次明确表达了这一精神。如将文学批评的标准与之密切关联："我们崇尚美，崇尚英雄，崇尚理想，但更尊重历史，尊重真实。……人类最壮丽的事业应该首先是缔造充满着人性和人道内涵的精神世界。以此来鉴别一切文学作品的认识价值和审美价值，大致是不会错的。"[1] 并将它作为文学史写作的重要基础："因此，从这个角度来看，用人性、人道主义和美学的眼光来治史，是十分必要的。它作为超越一切历史与国界时空的文学史唯一能够永存的衡量标准和价值判断，将成为我们今后治史与衡量文本的重要依据。"[2] 事实上，对人文精神的坚持、以人为中心的文学原则渗透在丁帆文学批评和学术研究的所有方面，构成其内在基本精神。

五四是中国现代人文精神的起点，也是人文精神的集中表

1　丁帆：《怎样确定历史的和美学的坐标——重读〈钢铁是怎样炼成的〉札记》，《文艺争鸣》2000年第5期。
2　丁帆：《"现代性"与"后现代性"同步渗透中的文学》，《文学评论》2001年第3期。

现。丁帆曾给一本著作取名为"重回'五四'起跑线"[1],他的人文精神就明确地体现在对五四精神的坚持上。他对"十七年文学"的批判,就是完全立足于五四人文精神的前提,以之作为重要的价值标杆。此外,在对鲁迅、老舍、刘醒龙等作家作品的批评中也同样传达出以五四为中心的思想精神。当然,丁帆先生也意识到五四并非完美无缺。在近年来发表的多篇文章中,丁帆明确而突出地张扬五四的自我启蒙精神,也就是知识分子的自我批判意识。这种反思不是对坚持的动摇,而恰恰是坚持的基础。因为真正的坚持是发展的坚持,如果只是一味固守而没有思考,就不是坚持而是顽固了。

所以,丁帆先生对人文思想的坚持,是一种开放的却也是更有力量的坚持,具有更强大的生命力。因为从最基本层面上说,人之所以为人,之所以异于其他动物,就是因为有人文思想,有对人的关怀、怜悯、同情,有对正义自由精神的维护。如果没有这种人文思想为基础,人也就不成其为人,与动物没有差别了。作为人类重要精神文明之一,文学如果背离了人文精神,也就失去了存在的价值和意义。所以,作为一种思想观念,传统的人文思想也需要发展、完善和补充,但它对文学的主导地位始终都不应该移易。

丁帆先生对人文精神的坚持具有充分的现实启迪意义。一

---

[1] 丁帆:《重回"五四"起跑线》,北京,人民文学出版社,2004年。

序言 守正、独立与人文

方面，人文精神能够直接影响到批评家的思想层次，有没有人文关怀，在根本上决定了一个文学批评家所能够达到的高度和深度；另一方面，也更重要的是，它是文学批评思想独立性和勇气之所在。只有具有深厚的人文思想底蕴，才能够在物质和权力文化的诱惑威逼下坚持自己，独立地思考和发表自己的思想。在当下这个充满着浮躁和利诱的时代，要做到这一点具有相当的难度，但无论从批评家个人事业还是文学整体看，这种坚持又有着特别而深远的意义。

所以说，时代永远都在向前发展，不同时代的批评家各有自己的特色和优势，没有必要强求一致，也不可能做到一致。但我非常认可美国作家福克纳在诺贝尔文学获奖仪式上的书面感言："作家的天职在于使人的心灵变得高尚，使他的勇气、荣誉感、希望、自尊心、同情心、怜悯心和自我牺牲精神——这些情操正是人类的光荣——复活起来，帮助他挺立起来。诗人不应该单纯地撰写人的生命的编年史，他的作品应该成为支持人、帮助他巍然挺立并取得胜利的基石和支柱。"[1] 也始终坚信，尽管随着时代变迁，文学会发生各个方面的多种变化，但最基本的特征和信念应该始终拥有一致性。丁帆先生的文学研究和文学批评能够帮助我们建立起信心。

---

[1] ［美］威廉·福克纳《接受诺贝尔奖金时的演讲》，见《美国作家论文学》，刘保端等译，北京，生活·读书·新知三联书店，1984年，第368页。

新时期风俗画小说纵横谈

翻开一部部中外文学史，我们几乎可以这样断言：一部伟大作品的构成，无不渗透着具有强烈民族风格的风俗画描写。这就是托尔斯泰所下的定义："小说家的诗"是"基于历史事件写成的风俗画面"[1]。难怪巴尔扎克把整个《人间喜剧》分成三大部分，而其中最突出的重点正是《风俗研究》，其内容最为丰富，包括的小说最多。这位巨匠把它们分成六个门类：《私人生活场景》《外省生活场景》《巴黎生活场景》《政治生活场景》《军队生活场景》《乡村生活场景》。这部被恩格斯赞誉过的辉煌巨著之所以成为世界瑰宝，除了它巨大的现实主义思想深度和塑造了一个个艺术典型之外，就是它以浓郁的风俗画色彩吸引了众多读者，形成其独特的风味，正如他自己所说

---

1 [俄]托尔斯泰:《日记》(1965-09-30)，见《古典文艺理论译丛》(卷一)，北京，知识产权出版社，2010年，第200—201页。

的："我也许能够写出一部史学家们忘记写的历史,即风俗史。"[1] 我们以为,人们在读一部作品的时候,除了透过其生动的艺术形象去发现和理解它的富有哲理的思想以外,在很大程度上是受着风俗画面的美感力量所支配的,人们往往带着一种猎奇的餍足去阅读作品,企图从中得到某种美感的享受(即快感)。因而,一部伟大的杰作除表现出思想的深邃、技巧的圆熟外,还在很大程度上取决于整个作品是否能强烈地体现出具有民族风格和地方特色的风俗画面来,以及这些画面的构成是否形成了一个有机的、和谐的、气韵贯通的整体形象。其实,愈是举世闻名,具有永恒生命力的作品,其风俗画的艺术描写就愈显得突出生动。一个有艺术眼力的作家总是以他最宽阔的胸怀去拥抱那具有民族性的风俗生活,使自己的作品挣脱平庸的羁绊,成为自立于民族之林的佼佼者。

当 20 世纪 80 年代的帷幕刚刚拉开的时候,老作家汪曾祺就以重温"四十三年前的一个梦"为新起点,开始了风俗画小说的创作。人们用惊喜的眼光读完了他的《受戒》以后,耳目为之一新;同时,它似乎开拓了作家们的视野,给文坛带来了新鲜的活气。随着古华《芙蓉镇》和《爬满青藤的木屋》的发表,叶蔚林《在没有航标的河流上》和邓友梅《那五》等作品的问世,许多有作为的作家都逐渐致力于风俗画小说的创作;

---

[1] 姜椿芳总编:《中国大百科全书·外国文学》(第 1 册),北京,中国大百科全书出版社,1982 年,第 95 页。

风俗画小说的创作由此得以稳步地向前迈进。直到近年来文坛出现的一些力作,都无不染有浓郁的风俗画色彩,这种势头正说明了民族风格民族传统的作品进入新阶段的必然。它预示着风俗画小说不可限量的前景。无论是邓刚的一系列"海味"小说,还是邓友梅的一系列"京味"小说;无论是《南方的岸》,还是《北方的河》;无论是贾平凹突变期的《鸡窝洼的人家》,还是张贤亮的更新的力作《绿化树》,都可以清楚看到风俗画面给其作品带来的美感影响,不管作家是否有意识地去深化它,它所展现的历史的和美学的价值是不容低估的。无可置疑,风俗画小说的中兴是党的十一届三中全会以后文艺政策调整的结果,正如汪曾祺所说:"试想一想:不用说十年浩劫,就是'十七年',我会写出这样一篇作品么?写出了,会有地方发表么?发表了,会有人没有顾虑地表示他喜欢这篇作品么?都不可能的。那么,我就觉得,我们的文艺的情况真是好了,人们的思想比前一阵解放得多了。百花齐放,蔚然成风,使人感到温暖。"[1] 在百花齐放的新局面下,作家们愈来愈深切地认识到风俗画对于作品的民族风格的至关重要,谁能设想一部没有风俗旨趣的作品能够获得强大的民族风格的生命力呢?而失却民族性,作品便不可能成为世界性的杰作。难怪鲁迅先生在半个世纪前就精辟地指出:"我的主张杂入静物,风

---

[1] 汪曾祺:《关于〈受戒〉》,《小说选刊》1981年第2期。

景,各地方的风俗,街头风景,就是如此。现在的文学也一样,有地方色彩的,倒容易成为世界的,即为别国所注意。"[1] 穷本溯源,这类小说的创作并非始于今日,我国明清话本小说就多染有强烈的风俗画色彩。而到了五四以后,像鲁迅、茅盾、老舍等这样的大家也致力于风俗画的描写,使其作品更具有民族色彩。当然,更有人把它作为一种艺术的追求,诸如沈从文那样的典型的风俗画小说家也不乏其人。即便在当代文学史领域内,也还出现过一批风俗画小说的丹青妙手,而且还形成过不同的流派,如被人们称为"荷花淀派""山药蛋派"诸作家的创作中都各自展示出对于地方风俗描写的不同功力。像周立波那样有功底的作家,其成功的诀窍也不就是善于用浓重的风俗色彩去涂抹自己作品的生活画面吗?《山乡巨变》的成功靠的是诗画一般的风俗画面与人物性格的有机融合。由此可见,这类小说的写法并非从新时期始,不过由于人们历年来忽视了它对小说创作本身所起的巨大艺术作用,没有把带有规律性的东西总结出来,因而致使许多本应得到提倡和发扬的艺术经验被历史轻轻地抹掉了,这是件多么令人遗憾的事啊。近年来,许多有作为的作家在风俗画的描写领域内作了许多可贵的探索,已经形成了几套不同的艺术路数,这是很值得探究的。

---

[1] 鲁迅:《致陈烟桥》(1934-04-19),见《鲁迅全集》(第13卷),北京,人民文学出版社,2005年,第81页。

综观近几年来的风俗画小说创作,我们认为大致可以把它们分为三种类型。

第一种是比较注重典型环境描写的。此类小说一般不择取重大题材,而十分讲究用细节去描写风土人情,增强作品的情趣。在技巧上常把散文的写作笔法融入小说创作中,大有"清水出芙蓉,天然去雕饰"的自然美。其人物描写似不追求鲜明的个性,大都是颇有写意人物的韵味。这类作品主要是以农村集镇题材为描写对象,乡土气息尤为浓郁,给人一种净化的美感。诸如汪曾祺的《受戒》《大淖纪事》,刘绍棠的《蒲柳人家》《蛾眉》,叶文玲的《心香》,姜滇的《瓦楞上的草》《阿鸽与船》等,都是这类作品的代表作。写这类作品的作家在艺术观上都有共同的特点。汪曾祺把自己的作品作为"生活的抒情诗"来写,刘绍棠的作品一向是以"田园牧歌"著称的,而姜滇则在试图追求一种诗画统一的意境。在艺术结构上,他们都倾向于沈从文的"散文诗"说,不主张那种"太像小说"的刻意描摹,却注重于平实的、不讲究戏剧性情节的,而又散溢着诗情画意的典型环境描写,甚至主张小说"无主角",而去追求"传奇性趣味性",以适合于中国一部分知识分子的传统欣赏习惯。因而,他们的作品可说是在同一主旋律下跳动着的不同音符,悠扬委婉,袅娜多姿的抒情色彩使他们的作品具备了共同的审美情趣。当然,他们各自的创作个性迥异,又形成了各自不同的描写视点和美学追求,因此,呈现出的风俗画面又是各具特色，斑斓多彩的。同样表现诗情画意，汪曾祺笔下苏北县镇的风俗习尚显得清淡平实，但又带着淡淡的哀愁，抑或还染有圣化的神秘色彩；刘绍棠描摹的京东运河一带的风俗，既粗犷却又有田园牧歌的情调；叶文玲则是把江南的风俗融入画境和人物的隽永性格之中，宛若江南民歌小曲那样纤细柔和、婀娜多姿；姜滇却是努力把江南风景风俗融入时代和社会的背景之中，让人物气质与秀美高尚的风土人情相融合，形成一种特异的格调。可以看出，这类作品不大适于写重大题材，尤其是近距离的。它更适合于表现那种容易被人们忽略，但又富有强烈的生活情趣的"琐事"，经过艺术家的提炼加工，它们以绰约多姿的形态出现，给人以诗情画意般的美感享受，如果没有深厚的艺术描写功力，是很难达到那种炉火纯青的境界的。

第二种是注重以风俗描写来强化人物性格的类型，这类小说特别注意对人物的描写而并不注意环境的描绘。作者对人物的肖像、服饰、行动、语言和细节描写十分考究，精雕细刻，一丝不苟。因为这些细节描写都有极浓的风俗画色彩，其中渗透着人物特有的标记，那种时代的、社会的、阶级的、民族的烙印大大丰富了人物的个性特征，读这类小说使你想起丰厚的生活原貌，使你一同进入那种生活的境界，实感性异常强烈。它的美感来自性格的力量，然而个性的力量主要是通过习俗加以补充、加以体现的，人物性格的多层次和立体感的支撑点就是风俗习尚的描写。同样，这类小说也不是以重大题材为突破口的，而往往是以充满着市井习俗的生活图画来结构全篇的，从而折射出时代的更替，历史的演变。这种类型的小说无论是在思想上还是艺术上都是师承老舍的传统，而且其中最有成就的是一批"京派"作家，以邓友梅为领衔，林斤澜、刘心武、李龙云等也都承袭过这类小说的写法。其中典型的代表作是《那五》《火葬场的哥们》《立体交叉桥》《古老的南城帽》等。当然，在这方面成就最高，引起反响最大的当推邓友梅。他的一系列风俗画小说使人惊讶，令人信服。我们以为这段时间的创作将是邓友梅小说艺术的高峰阶段。从《话说陶然亭》《寻访"画儿韩"》到《那五》，从《那五》到《"四海居"轶话》《烟壶》《索七的后人》，他的技巧愈来愈纯熟，也愈来愈吸引众多读者，倘若不是那些充满着时代感、社会感、阶级感的风俗习尚描写，即便人物的命运再坎坷曲折，亦不易达到这种高境界的美感效果。可以看出，这些小说都有共同的基调——淋漓尽致地抒写生活最底层的普通人境遇，以传统的风俗习尚（多以淳朴的民风习俗，以及某种民族的遗风）来强化丰富人物个性，奏出了变幻莫测的人生交响曲，喜怒哀乐，情态万千。人物的生动性在于风俗画的渲染，由此而产生强烈的现实感和鲜明的时代性。这应当是新时期风俗画小说的发展形态之一。

第三种是把风俗描写渗透到环境描写和波澜起伏的情节描

写中去，使之熔为一炉的交织型写法，既有诗情画意的风俗画面，又有悲壮慷慨的故事情节。它是风俗与哲理的结合。既是唱一曲严峻的乡村牧歌，又是奏响了人生的悲壮之歌和时代的英雄交响曲。这类作品笔墨凝重，气势恢弘，多以思想的力度和艺术的张力取胜。这就决定了作品在选材上毫不犹豫地多选择重大题材。这类作品往往给人一种荡气回肠的史诗性美感。所透露出的民族精神的魄力激发起人们的一种向上的豪情。固然，像这样粗犷风格的作者颇多，但也不乏隽永秀美风格的作者，当然介乎两者之间的也大有人在。湖南的一批后起之秀在这类小说的创作中尤为令人瞩目。他们虽未形成一个流派，但其风格之相近是令人吃惊的，古华、叶蔚林、韩少功、谭谈等都是可畏的好手。有人认为他们师承的是周立波的艺术风格，我们以为并不尽然。周立波的风俗画小说纤细清新，透露出的是阴柔之美；而后来者却多以雄浑豪放的气韵，或是两者兼而有之的方法取胜，洋溢着的是阳刚之气。古华就是以刚柔相济的写法见长，他的《芙蓉镇》，悲喜交加，理趣并茂，与他的前辈周立波有着相当的差异。我们设想，倘使作者能有足够的艺术力量和生活功底去把握这一时代的风云变幻，把《芙蓉镇》的整个布局进行扩大调整的话，那么这部作品完全可能成为一部史诗式的杰作，因为作品中的风俗画描写的渗透完全确定了它的民族性的厚度。古华曾经把《芙蓉镇》的创作叫作"寓政治风云于风俗民情图画，借人物命运演乡镇生活变迁"。

确实，这种把描绘政治风云变化与风俗民情变迁结合起来的作品，应看作是新时期风俗画描写的重要发展。叶蔚林的《在没有航标的河流上》是他的代表作，这部作品是思想和艺术结合得比较完美的一部作品。盘老五之所以被誉为当代文学中少见的个性人物，除了人物的动机外，更重要的是民族风俗（包括恶与善的两重性）给"这一个"人物身上打下了深深的烙印，民族精神在他身上得到了完美和谐的统一。他酗酒、光屁股游水、打架，他救人于难、大义凛然、视死如归的气魄，并不是决定于他的"流氓无产阶级"的劣根性和理想中的崇高共产主义思想动机，大概更多的是受着原始习俗的冲动和传统的伦理道德的支配吧。整个作品对潇水两岸的风俗人情的描写大大丰富了这个人物的个性，这是使之成为一个有立体感的悲壮人物的基础。同样，韩少功的《风吹唢呐声》和谭谈的《山道弯弯》的悲剧气氛主要是依靠那种悲凉的、不合情理的习俗描写来渲染的，悲剧意义的深化也是由此而产生。湖南以外的作家，也都立足于自己的生活基地，力图在自己的创作中贯穿风俗画的描写，使之产生强大的民族气派。尤其可喜的是，采用这种写法的都是一批有成就的青年作家，如张承志的《黑骏马》《北方的河》那种奔腾豪放的气势与北方的强悍的习俗相融合，形成多么强烈的民族风格啊。邓刚的《迷人的海》和《龙兵过》用大海磅礴的气势、征服大海的性格与习俗相融合，形成了多么迷人的魅力啊。就连张贤亮这个以哲理见长的作家，也不放过对西北风俗画面的描写，以此使自己笔下的人物更加丰满。更值得注意的是贾平凹经过了艺术转变的二重奏后，在踏入新的艺术领域时更加注意使自己的作品呈现出风俗画的韵味。他的《小月前本》《鸡窝洼的人家》和刚刚发表的《九叶树》，几乎是一幅幅力透纸背的醇厚风俗画面，理与趣的高度统一，含蓄而和谐，达到了相当圆熟的艺术境界。浙江的李杭育新近发表的《船长》与叶蔚林《在没有航标的河流上》有异曲同工之妙，然其风俗画的描写力度甚至超出叶作。这都证明许多青年作家都把艺术的目光倾注到风俗画上来了。有人认为风俗画的小说是不能构成史诗式的鸿篇巨制的。而从这些作家的创作实践中，我们看到了希望，看到了所具备的艺术条件。我们认为，风俗画小说是能够反映重大题材的，它不缺乏描写历史厚度的力量，关键是看作者有无艺术的魄力和把握鸿篇巨制的艺术整体观念。尽管目前还没有出现史诗式的风俗画小说，但我们相信，不久的将来，文坛上一定能够出现这样的伟大杰作的。

一部成功的风俗画小说，并不在于风俗在作品中所占的比重，而是要看它能否与作品所阐述的主题和人物性格的发展交融渗合，形成一种和谐贯通的气势。单有异域的风土人情、方言俚语的生活画面并不能构成一部真正生动的风俗画小说，充其量也不过是一部带有趣味性的说明文而已。单纯地描写风景画、风俗画并不难。只有把深邃的主题和鲜明的人物个性与风俗画面有机地糅合在一起,使其透露出时代的气息、民族的精神,方才堪称杰作。茅盾早在20世纪30年代就说过这样一段精彩的话:"关于'乡土文学',我以为单有了特殊的风土人情的描写,只不过像看一幅异域的图画,虽能引起我们的惊异,然而给我们的,只是好奇心的餍足。因此在特殊的风土人情而外,应当还有普遍性的与我们共同的对于运命的挣扎。一个只具有游历家的眼光的作者,往往只能给我们以前者;必须是一个具有一定的世界观与人生观的作者方能把后者作为主要的而给予了我们。"[1] 诚然,一个作家倘不能以清醒的主观意识去把握自己的作品,他绝不能称为一个高明的作家;反之,那种只想把主观意识直露地硬塞给读者的写作者,充其量只能算一个末流的蹩脚作家。只有把自己的主观意图巧妙地含蓄地暗示给读者的作家,才堪称艺术高手。高明的艺术家往往是把自己的观念隐蔽在风俗画面之中,倾注在人物性格的行动之中,而绝不是赤裸裸地流露在形象之外。

我们认为:风俗画小说最忌用主观的议论来切割整体的流畅的线条美。倘若说前一段时期作家们在风俗画的艺术描写上还存在着较大的随意性的话,那么,近一年来,一些颇有见地的作家都尽力避免主观议论出现在自己的风俗画小说中,这样既保持了通篇的流畅,又使其保留艺术的含蓄性,从张承志的

---

[1] 茅盾:《关于乡土文学》,《文学》第6卷第2号。

《黑骏马》开始,一直到最近的风俗画力作《烟壶》与《鸡窝洼的人家》等都力图在风俗画小说中保留其自然的原色,让其自身产生艺术的张力。这样,作家给读者留下的想象空间就是丰富多彩的,由此而呈现出文学的多义性。然而,整个作品总的审美情趣的把握却是准确的,使你不由自主地沿着作者规定的主题轨迹进入艺术情境。

谁也不能否认现实主义是要反映出时代和社会的变革,而有些人却认为风俗画小说不能反映时代和社会变革的敏感神经和脉搏,它是属于革命现实主义以外的交叉地带的作品范畴。我们认为这种论点是不符合新时期创作实践的,也是违背艺术规律的。艺术作品是间接地折射出时代和社会的动荡,而不能简单地向作品投射自己的主观意识。否则,它就是马克思在《致斐迪南·拉萨尔》(1859年4月1日)中所批评的"席勒式"的"把个人变成时代精神的传声筒"的倾向。怎能说风俗画小说不能反映时代和社会的巨变?古华的《芙蓉镇》,叶蔚林的《在没有航标的河流上》,梁晓声的《在这片神奇的土地上》,陆文夫的《美食家》,姜滇的《水天苍苍》,史铁生《我的遥远的清平湾》等不都是通过风俗民情的刻画,在不同程度上深刻地揭示了动荡时代的一幕幕人生活剧吗?像张承志的《北方的河》,邓刚的《迷人的海》,刘舰平的《船过青浪滩》和李杭育的《船长》那样充满着大江大海恢弘气势和迷人气息的风俗画小说,它所揭示的主题内涵远不止是赞颂人的意志和道德力量，难道我们不能在流动的风俗画面里触摸到时代跳动的脉搏吗？即使像邓友梅的《烟壶》，汪曾祺的《受戒》《大淖纪事》这类反映历史题材的风俗画小说也在不同程度上辐射出时代沉浮的信息，这些小说似乎根本不掺入主观倾向，然而，细细咀嚼，也都能清楚地看到时代和社会打在人物和风物上的深深烙印。在近距离生活题材的作品创作中，风俗画小说更能发挥其艺术优势而超出同题材的作品，更能受到人们的欢迎。同样是写改革，许多作品总是致力于塑造一个理想化的人物，而贾平凹却是在风俗画面中如实地摹写了一个有实感的、带着本色的人。《鸡窝洼的人家》可说是当代农村题材、改革题材中的代表作，主题思想的内涵虽然埋藏得很深，但它留给我们挖掘的潜力却很大，主人公的命运不正是说明了中国农民深刻的思想变迁吗？在党的新经济政策的阳光普照下，我们欣喜地看到，表面上的"回流"现象正是预示着一场深刻的思想革命，它带来的是几千年来的小农经济彻底的崩溃！改革的大潮冲击整个社会，包括贾平凹笔下的这个连"文化大革命"的波澜都不能深入的边远山区，只这一点，其主题的内涵就要比那种空喊改革的作品要深刻百倍。如果说《小月前本》还不够成熟的话，那么《鸡窝洼的人家》却是明显地标志着贾平凹的描写艺术进入了炉火纯青的阶段（如果这个词不算过誉的话）。在这充满着浓郁山区风土人情的风俗画幅中，包裹着多少深远的思想内容啊，一股股媚人的艺术魅力裹挟着强大的思想冲击力，叩开了你美感心灵的大门。由此而显示出风俗画小说宽广的艺术坦途。

时代的变迁，社会的风貌从一幅幅风俗画面中自然而然地表露出来，从而构成一种稳固的民族精神。这是每一个有眼力的作家希望企及的目标。梁斌在谈《红旗谱》创作体会时曾说过："想要完成一部有民族气魄的小说，我首先想到的是要做到深入地反映一个地区人民的生活。地方色彩浓厚，就会透露民族气魄。为了加强地方色彩，我曾特别注意一个地区的民俗。我认为民俗是最能透露广大人民的历史生活的。"[1]《芙蓉镇》的作者古华也强烈地感觉到风俗画具有古朴的吸引力和历史的亲切感。的确，无论作家的艺术技巧如何变幻莫测，但只要你容纳了风俗画描写，其艺术魅力就会陡增。共同的民族心理，决定了其共同的美学心理，它对于其他民族来说同样也有巨大的吸引力。"有地方色彩的，倒容易成为世界的"，任何一部作品，无论你采取什么样的技法，但万不能缺乏民族的精神和气质，正如鲁迅先生所说："他以新的形，尤其是新的色来写出他自己的世界，而其中仍有中国向来的魂灵——要字面免得流于玄虚，则就是：民族性。"[2] 这民族的"魂灵"是经过千百年历史筛选和沉淀下来的精神气质，一旦与时代、社会和

---

[1] 梁斌：《漫谈〈红旗谱〉的创作》，《人民文学》1959年第6期。
[2] 吴子敏等编：《鲁迅论文学与艺术》，北京，人民文学出版社，1979年，第287页。

风俗画面相联结，共通的民族心理就能产生足以使广大读者共振的美感效果。这种中国气派的地方风物、人情、习俗根植在民族的沃土之中，具有强大的现实主义感染力，它是作家们取之不尽、用之不竭的艺术源泉。倘若当今的一位文学史家说的不为过分的话，我们以为他的论点是可以成立的："民族风格的第一个特点是风俗画。"[1]

风俗画小说的美学价值、认识意义与教育意义都不可低估。然而展望它的前景如何呢？我们以为当务之急是要避免以下几种倾向，只有摆脱危机，才能不断进取。

第一，要力戒把风俗画面只是作为一种艺术的点缀来修饰作品内容的苍白，造成性格与画面的游离和肢解。其实，近年来带有风俗画情调的小说是很多的，据粗略统计就达一百多篇，但是由于有些作品没有把风俗描写与人物个性和谐地融合在一起，使整个作品变成两块拼凑在一起的不协调的艺术画面，明显可以看出其中的裂痕，这是风俗画小说的大忌，这又多半是由于作者的文艺理论修养和艺术功力不足所造成的。诚如张贤亮所说，即使是天才的画家，"它们的色彩和线条虽然能唤起经常是沉睡着的美感，却引不起那生动的、勃勃的激情和要去探索命运的联想。只有人，只有一幅风景画的画面中出

---

[1] 唐弢：《西方影响与民族风格——中国现代文学发展的一个轮廓》，《文艺研究》1982年第6期。

现了人，才会在刹那间引爆起灵感的火花"。[1]

第二，避免那种一味孤立地去描写地方风俗的倾向。有些作品把经过艺术提炼的，饱含着美学价值的风俗画小说混同于地方风物志之类的说明文，这就抹杀了其应有的艺术价值；有这种弊病的作品往往是忽视了风俗画小说的艺术内涵和社会意义。不能把自然形态的风俗描写与其深刻的社会底蕴有机地、逻辑地联系在一起，就是失去了"魂灵"。没有认识价值的风俗画是僵死的、枯燥的、没有生命的机械照相，毫无美学价值可言。

第三，反对那种对文学风俗画的歪曲。有些拙劣的作品只是在语言上采用了方言俚语和装饰了凭空杜撰的神话般的风俗描写，就自诩为风俗画小说，这种可笑的见解只能是对风俗画小说的亵渎。我们看到，有些作品拼命地采用冷僻生涩的方言和臆造的风俗来故作乡土气息，这是风俗小说发展的歧路，应坚决摒弃之。

作为风俗画小说，它对作家提出了更新更高的艺术要求，它不应停滞在描摹静态美的画面上，而要努力使它具有动态的美；不应把风俗单纯作为环境的渲染，更重要的是要将它溶化在人物的血液之中。民族的典型环境与民族的典型性格的结合，才能生下真正的艺术产儿。作家们应该把笔触伸延到民族

---

[1] 张贤亮：《满纸荒唐言》，《飞天》1981年第3期。

的灵魂中去,这才是风俗画追求的最高艺术目标。

新时期的风俗画小说正在发展之中,我们相信,我们呼唤,它一定能取得更大的成就。

(原载《文学评论》1984 年第 6 期)

论新时期乡土小说的递嬗和演进

当我们将1985年的"寻根"运动的文化心理结构进行仔细慎重的厘定之后，倘使我们不带有任何偏激情绪的话，便可惊讶地发现这样一个奇迹——中国乡土文学面临着一个向世界文学挑战的新起点！

正如李庆西在剖析韩少功的"寻根"代表作《爸爸爸》时所说的那样："它打破了传统小说的全知观点，关于这一点应加以说明的是，韩少功并非从角度、视点的意义上否定艺术世界的主体性，即是说，他考虑的并非表现的功能，而是强调主体认识的有限性。这一点，至少比法国'新小说'派和其他一些西方现代作家来得高明。"[1] 诚然，在人类进入先进技术世界时，反而对宇宙的认识更加谨慎了，那未知世界仿佛是一个巨大的魔团，对比出人类思维的局限性。而韩少功所采用的

1　李庆西：《说〈爸爸爸〉》，《读书》1986年第3期。

"舍弃"法是一个充满着新鲜的哲学意识的思维结晶。中国乡土文学正是在哲学意识强化的过程中，通过"寻根"的运动，把自身送进了一个更高的审美层次。它比中国乡土文学的前两个阶段（五四时期至20世纪30年代；20世纪50年代至80年代初），有着不可忽视的突破性发展。

有人认为："从低海拔起飞的中国当代文学目前所发动的'寻根'运动，明显偏离了人类文化和世界文学的一般进化方向。"[1] 且不说艺术发展有无规范的模式可循，仅就中国当代文学中的乡土文学发展轨迹来看，这次"寻根"运动无疑是对中国历史文化心理结构的一次大调整。这种对"寻根"运动表示轻蔑与不屑的论者，同时对乡土文学也嗤之以鼻。他们把城市文学与乡土文学对立起来，认为工业技术文明应当"拂去"超稳定结构的自然形态的乡土文学，而确立城市文学的正宗地位。"旧城区在推土机前倾圮崩溃，林立的钢架和楼群向乡野伸出逼仄的炮膛，它预示着两种文明和文化的生死决战。"[2] 企图在中国的土地上消灭乡土文学，这不能不说是一种幼稚可笑的论断。论者也不能不面对1985年的创作实践承认作家们在对中国乡土文学作出严肃选择后所取得的重大成就和对城市文学的冷落。究其原因，我们认为，深厚的历史积淀包孕着中

---

[1] 朱大可：《半个当代文学和它的另半个》，《文论报》1986年4月11日。
[2] 同上。

国民族性的两极，而这种积淀的"历史性"只有在乡土文学这只躯壳中才能得以深刻地体现；而这种历史的积淀愈深愈冥顽，则在现代文明的冲击下，愈显示出强烈的反差和巨大的落差。作家如没有一个强烈的哲学意识来统摄形象，则不可能成为乡土文学的佼佼者。在民族文化心理结构的框架中去反射乡土文学与城市文学的内在变化，这才是中国当代文学不可缺少的两翼。

当然，简单地把以《爸爸爸》为代表的"寻根文学"看成是对以《你别无选择》为代表的"横移文学"（恕我们生造）的反拨，也是不合适的。但至少，"寻根文学"派们对其平面的、空旷的表现人生远远不满足了，他们要追寻人生历史的"根性"。我们认为这种追寻是作家们有意无意地把自己容纳在乡土文学这棵参天大树之中，不再满足于再现树叶、树枝、树干的真实面貌了。他们想从"根"的解剖中来窥视表现出这棵大树生长的全貌，来挖掘更深刻的历史内涵，从而扼住大树的精灵，来照耀着现实的路。那种把乡土文学的递嬗和演进归结为"某类反城市的地理学和伦理学在一片'寻根'声中悠然显现"，认为"过剩的历史意识和乡土意识绵绵不绝地从脑皮质的记忆细胞群间涌泻而出，支配了作家的审美操作程序"，"这是价值的退化和表象时间反演的出色例证，它表明某种文化惰性可能是乡土（或边塞）意象的搜索行动的主要心理背景。这种品质猥琐的惰性借助审美表象获得超度与合理化。浸润于国民性圣水之中的当代文学,因此便暴露出了它的可爱的劣根性",[1] 不能不说是对中国乡土文学采取的虚无主义态度。论者只是看到了它的表层意识,而根本忽略了作者深层意识的开掘和对民族文化心理结构总体意向的把握,忽略了现代文明在这种"内结构"之中的冲突和衍化。也就是根本忽略了这种"总体历史观"对现实的指导意义。同样,论者所说的正宗的城市文学的"变体"(趋向于乡土文学的"价值判断的精神分裂"状态)也正是这种"内结构"在冲突中的自我调节。它渴望在历史的文化状态中找到前行的目标。

乡土文学处在时代的交叉点上,它应该也必须在历史和现实的契合点上去寻找新的运行轨迹——它不仅在思想上有着更深刻的启悟,而且在艺术上也有更新的探求。"寻根"派们并不囿于民族文化心理纵向的开掘,更重要的是对于外来文化的横向借鉴,以致使两种文化在冲突和消长中达到交融,升华成为新的文化心理重新组合建构的新鲜活跃的再生细胞组织。也就是完成人们从五四以来就梦寐以求的国民性改造大计。把中国文化放在世界文化的参照系中进行平衡,使两者在演化中互渗、互补、互融而成为一个崭新的有机的整体文化系统。

随着生活观念和艺术观念的演变,作家们在创作中的"自我意识"的强化,个体精神的凸现造成了风格的排他性。也就

---

[1] 朱大可:《半个当代文学和它的另半个》,《文论报》1986年4月11日。

是说，小说流派的形成已趋于分化解体，几十年来人们期冀出现或即将形成的中国乡土小说流派，如"荷花淀"派和"山药蛋"派的进一步完善和发展似乎已成为幻影；而前两年异军突起的"湘军"亦在高涨的创作潮流中分化；"京派"小说群更是各呈异彩……所有这些都清楚地表明：时代已不需要在一种创作模式和创作风格下进行生产了，流派逐渐蜕化，取而代之的是强烈个性意识的主体性创作。这个时代产生不出流派，也不需要产生流派，它只冀望产生"巨人"。

考察"寻根"文学的创作实践，可以看到它们之间在艺术风格上所不能互相交融的现象。《爸爸爸》也好，《异乡异闻》系列也好，"葛川江"系列也好，《商州》系列也好，《老井》《小鲍庄》也好……我们虽然可以看到它们在民族文化的历史积淀的揭示上有着相同点，然而，在艺术风格上却毫不雷同。同样是"土"的结构，但就各自的艺术视点和具体手法上来说却是不同的，同样被称为"文化"小说，但作家各自阐释出的审美观照却是相异的。

《爸爸爸》可说是破坏了韩少功自己正统"湘军"的形象，作品一反《西望茅草地》和《风吹唢呐声》式的审美观念，众采象征主义（包括神秘主义在内）、黑色幽默等现代主义艺术手法，用"土"得出奇的内容和语言，创造了多视角的主体性的艺术世界，也完成了韩少功新的创作"自我"形象。同时，更不应该忽视的是，韩少功的这次关键性的审美观念的突破，彻底地打破了"湘军"有可能在同一艺术风格轨迹上运行的理想。如果说何立伟在这之前只是在艺术风格和形式上稍有叛变的话——从再现向表现靠拢，从情节向情绪衍化，那么，韩少功的此次"壮举"，可说是对"湘军"的一次严肃的背叛。他不仅展示出一个有多层意识的"空阔而神秘的世界"，而且呈现出一个"使小说的时空含义及整个美学精神超越它自身的天地"的艺术境界。这就使得"湘军"在这艺术大潮的冲击下由此分岔。可以说，韩少功的这次大跳跃不仅是创作界的一次深邃的审美艺术思考，同时也应唤起批评界的一次觉醒。我们不能再作陈旧死板的定向性思维了，只有作多维的思考，才不至于把作家与作品圈在一个狭小的艺术天地里玩味。当然，我们不可否认"湘军"在新时期乡土小说创作中的中坚作用，莫应丰、古华、叶蔚林、孙健忠、彭见明，刘舰平、何立伟、叶之臻、吴雪恼、贺晓彤、钟铁夫、蒋子丹、肖建国……这蔚为壮观的阵容几乎有独霸南方之势。他们中间有许多风格相近或酷似之处。但事实证明，谁陷进了同一风格的框架中，谁就首先造成了艺术上的窒息。诚然，20世纪80年代初叱咤文坛的那一茬作家至今仍旧写出了许多有生命力的好作品，不仅如此，"湘军"中也有新生力量的崛起，诸如孙健忠的《醉乡》，杨克祥的《玉河十八滩》则是很令人瞩目的有丰富时代和思维内蕴的风俗画小说。但我们不得不意识到，这些拥挤在同一风格胡同里的创作群体虽然创作出了许多可读性很强的作品，但他们中间毕竟还看不出能产生大家的表征。而且，我们相信，随着时代艺术观念的演进，他们将面临全面解体，最终各奔前程。只有在哲学上补充进当代意识和在艺术上进行突破性的发展——个性创作意识得以充分发挥，作家们才能走进真正的艺术王国，获得辉煌的成就。

"京派"之中能否形成正宗的乡土文学流派呢？这是刘绍棠期冀和人们热望着的。但经过几番艺术浪潮的洗礼，事实证明，林斤澜的艺术"变调"致使"荷花淀"早已解体，而汪曾祺又"另立门户"。新的大旗下又无出色的作品支撑着。无疑，"京郊"派乡土小说正处在一个危机时代，它始终进入不了创作的前列。而整个实力雄厚的"京派"之中，乖觉明智的作家们都在个体的创造中改变着自己，试图以此来影响文坛。郑万隆一改"当代青年三部曲"式的写法，《老棒子酒馆》等和《异乡异闻》系列是他突破自我封锁线的一次重大战役。在深沉的历史积淀意识的包裹物中显示出作者对国民性的鞭挞之深切，对人性忧患意识的裸露，这是他以前作品所不能企及的。作者在"寻根"中找到的不仅是思想内容的深化，更重要的是他找到了最适合表现这种思想的多元艺术世界。郑万隆似乎很清醒地把自己划出任何流派，使自己成为一个个性意识强烈的创作的"个体户"。张承志的小说历来被誉为新时期小说中最有民族风格和最有风土人情的楷模。可从他创作的几个阶段来看：《骑手为什么歌唱母亲》→《黑骏马》→《北方的河》→

《黄泥小屋》，他是在不断地打破自己的艺术风格，可以这样说，《黄泥小屋》是张承志小说创作的又一转折点，而这个转折中，渗透着作者审美观念的变革。这部中篇小说试图以人物主体性加象征的艺术手法来创造出一种新的艺术风格。试图打破"正调"式小说的艺术结构（用巴赫金的"人物主体性"理论来渗透自己的创作），使小说的主人公不只是作家意识的客体，而且也是自我意识的主体。而且，小说的整体象征的意蕴为我们提供了极大的艺术思维的多维空间。这不能不说是张承志的一次审美艺术观念的飞跃。当然，使用这种"人物主体性"的艺术手法者还有人在。《中国作家》1986年第2期刊载了陈源斌（恕我们对这个作家还不够了解）的《红菱角》，这部中篇亦是一篇既有客体，又有主体的二元艺术世界。笔力之雄健老到可见一斑。这些作家不把自己困于一种创作模式中，而且自信力很强，突破别人，亦突破自己。不凝滞在一种风格的模式中。

作为当今呼声最高的"中国西部文学"（包括戏剧、电影、报告文学、小说等在内的多种样式的文学），就其小说创作来看（当然他们把张承志的《北方的河》之类的作品也归纳在内），虽然存在着相同或相近的异域风味，如《清凌凌的黄河水》《麦客》等作品则是相当成熟的中国乡土文学的小说范型。然而谁也没有认为他们能够成为中国乡土文学流派的一翼。作为整个"西部文学"，这些作品可能显示出自身的美学力量，但就单个的作品来说,它们还毕竟只是停留在一个缺乏巨人意识、缺乏突破审美观念之气魄的档次上。可张贤亮的小说虽有十足的西部泥土气息,但他的创作个性极强,突破了一般的规范,获得了令人瞩目的地位。《绿化树》和《男人的一半是女人》则是个体创作意识的结晶。但他在突破自己风格模式上的努力甚少。

缺乏"巨人"意识这一致命弱点同时也成为窒息"山药蛋"派的艺术发展的"死亡地带"。可以说,今天山西并不缺乏像赵树理那样有深厚艺术和语言功底的作家。但这批作家把自身置于一个封闭状态进行创作,不能站在更高层次用当代意识去观照艺术审美对象,酿成了一种超稳定的自戕力。这一点,即使赵树理活到今天也难逃厄运。倘使我们仍旧促使他们在一种风格的模式下进行艺术的摹仿而不开拓他们的思维空间,促使他们分化,建立创作的个体意识和个体风范,恐怕在"山药蛋"派艺术风格的阴影笼罩下,这批作家的作品将会蜕变成"化石",爆发不出任何艺术的"火花"来。企图从这一"死亡地带"突围出来的是郑义,他的小说《远村》和《老井》是一种"文化小说"的尝试,他也试图在"寻根"运动中寻找到自己的个性位置而区别于他人。

相对来说,陕西的一大批作家之中之所以能冒出像贾平凹、路遥、陈忠实等令人瞩目的作家,就根本原因来说,是他们没有提出建立流派的口号,而是尊重个体性的创作思维,提倡开放式的而不是封闭式的文学观念。正如路遥所说："每一个作家都是一个独立的天地，谁也代替不了谁。"[1] 而贾平凹之所以成为新时期乡土小说创作的领衔人物，其根本原因就在于他不断地修正"自我"的审美艺术观念。从哲学意识的不断强化和艺术形式的不断衍变中（他甚至摹仿略萨的结构现实主义的手法写了小长篇《商州》）获得使自己立于不败之地的良好创作心态。他不想也不能做陕西创作群体中的流派先行者。如是这样，贾平凹就等于消灭了自己而趋向创作风格的僵死。这一点贾平凹当是很清醒的："从内容到形式要有自己的一套，有自己的一套哲学思考和艺术形式。"[2]

因此，指望当下中国文学领域里，尤其是在乡土文学中形成流派的理想看来已被时代艺术观念的大潮所吞噬，代之以希冀出现的应是"巨人"的时代。那种希望文学流派运动通过"最优化选择"而"达到最适宜的有序状态"[3] 终究不能拯救流派在这个时代的消亡。那种自觉的"群体意识"只能是戕害和阻碍"巨人"成长与乡土文学发展的反动力。

随着个体意识在创作中的强化，作家们在主体性的创作过程中往往遇到的困惑是滞黏在自己创作风格的模式之中而进行

---

[1] 路遥、贾平凹等：《增强拓宽意识，推进长篇创作》，《小说评论》1985年第6期。

[2] 同上。

[3] 张志忠：《论中国当代文学流派》，《中国社会科学》1985年第5期。

固定不变的"标准化"生产。这种程式化的生产是风格固定而导致的,但于艺术创作,风格的固定便标示着创作生命力的枯竭。风格只能在运动中才能获得永恒的生命力。因此,向"自我"进攻,甚至向处在感觉良好的艺术创作心态进行多维的再生思考,则是个性意识创作不断演进拓展的必要手段。总之,这种个性意识的创作同时应是"排我性"的,这个"我"是"旧我",即在排除"旧我"中实现审美意识的递嬗,建设一个"新我",使"我"在不断更新中进行超越性的突破,获得艺术创作中的真正"自我"。没有审美意识的变化而把自己固定在某种艺术风格模式之中的作家最后的结局肯定是悲剧性的。在这个文学审美意识不断涌进的时代里,读者审美心理的周期甚短,后浪推着前浪,稍有疏忽,便赶不上审美需求,于是一些作家很快就会被艺术的浪潮所淹没,成为昙花一现的"历史人物"。

当今活跃在文坛的一些有所作为的作家,无不是在审美意识的不断递嬗中来维持着自己创作的生命力的。就乡土小说创作来说,贾平凹、张承志、韩少功、郑万隆、李杭育、林斤澜等是在不断的艺术风格变化中获得声誉的。然而,我们也不得不提醒那些曾经红极一时的从事乡土小说创作的作家的注意,倘使他们仍滞留在固定艺术风格模式生产的艺术"死亡地带"彷徨,即将到来的审美艺术大潮将会无情地把他们冲进荒漠的沙滩上。假若王兆军仍沉湎于"葬礼"的哀婉固定风格中;假若汪曾祺仍留恋着如诗如画的记叙风格体;假若"湘军"的诸位们……那么他们——曾领文坛一时风骚的优秀作家——同样也不能逃脱这种审美大潮冲击而趋于衰亡之命运。

几乎每一部新时期的乡土小说都浸润着风俗画的浓墨重彩,有人把它们说成是"文化小说",是因为它们总是通过风俗人情的描写来透视出民族文化心理的积淀。人们已不约而同地意识到:乡土文学成败的重要标志便取决于具有地域性的风俗画描写是否能取悦于读者。严家炎认为:20 世纪 20 年代乡土小说在鲁迅、周作人兄弟二人的共同倡导下,形成了共同的特色,其中"在风俗画这方面,乡土小说取得了相当高的成就"。[1] 他把风俗画分为两种:"一种写的是很野蛮落后的陈规陋习","另一类风俗画,写的是一般传统的风俗习惯,虽然落后但不一定野蛮不人道","这些作品加在一起,成为了解那个时期中国农村经济、政治、思想、文化各方面形象的史料,除了美学价值以外,还具有现实主义作品特有的认识价值。"[2] 那么,1985 年出现在"寻根"文学运动中的一批充满着蛮荒悲凉的风俗画作品,被有些人指责贬斥为远离时代精神、颂扬原始人性的劣作,确乎有些冤枉。无论是韩少功的《爸爸爸》,贾平凹的"商州系列",还是李杭育的"葛川江系列",绝非马

---

[1] 严加炎:《中国现代小说流派鸟瞰(一)》,《文艺报》1986 年 3 月 22 日。
[2] 同上。

克思嘲笑过的那种"留恋原始的圆满",恰恰相反,他们在充满着蛮荒的异域情调的作品表层油彩的背后,融进了鲜明的当代意识,以此去统摄把握人物。形成了作品潜在的强大主体冲击力。即使宣称"文化断裂带"的一些作家们的作品,也仍然是在钩沉民族文化心理积淀过程中,以强烈的当代意识去衡量审视作品的。他们的理论与创作实践是相悖的。阿城的《棋王》、郑义的《老井》不是在渗透着鲜明的当代哲学意识时,在历史和现实的撞击点上寻觅着未来的答案吗?正如雷达所说:"作家主体意识的开放和丰富,它的力求涵纳更多新的内容,使得很多人表现出比以往更浓厚的对文化背景的兴趣,对民族心理的更深入的探求,对人性的沉思,对所谓'国民性'的研讨等。这不是逃避现实,而是试图用当代审美意识对传统重新理解","神秘的外壳里包藏着哲理意识,民族生活形式里寄寓着现代观念"。[1] 因此,新时期乡土小说发展到今天,不仅要求作家在描写风俗画的同时融进深邃新鲜的思想内容和哲学观念,更重要的是须有倾注于整个作品的高层建筑式的当代意识气韵。当然,这种气韵并不是直露的,而是含蓄的,甚至是带有神秘色彩的——主体意识被有机地融化在客观的描述之中,形成一种质的元素。所以,它往往会引起许多人的误解——他们只看到客观描写的风俗画的原生状态,而未看到力

---

[1] 雷达:《主体意识的强化》,《人民文学》1986年第1期。

透于画背的一种哲学意识、一种审美观照的创举、一种恢宏气度的熔铸……

1985年是中国的理论爆炸年，创作界一些有头脑的青年作家逐渐清醒地认识到，从创作中的不自觉、无意识的闭锁理论状态中跳出来，接受理论和哲学的熏陶，从而把自己的创作置身于自觉的有意识的开放理论的指导统摄下，这才具有当代作家的一切中外艺术的"同化力"和"可溶性"。因此，他们试图在中国古老的乡土文学的广阔土壤中进行艺术形式的嫁接培植，使之开出更鲜艳夺目的奇葩异卉。这种在传统文学观念和西方文学观念坐标系中取零点而同时向前推进渗透的尝试，则给他们的作品带来了扑朔迷离的神秘色彩，拉丁美洲"爆炸后文学"、法国"新小说派"等流派的影响尤为突出。一方面，他们的作品是土得不能再土、风俗化至极的乡土文学；另一方面，他们的作品很少有读者能够破译，似乎造成了一种背景淡化、远离尘世的艺术效果。究竟怎么看这类作品，我们以为这是解释"寻根文学"究竟在中国乡土文学的发展中所占有的地位的一个关键环节。

我们认为，"寻根文学"作品只是在艺术技巧上吸收借鉴了国外的一些长处，但所反映出的内涵是积极的、深刻的。

我们不得不承认《爸爸爸》受到了"魔幻现实主义"艺术手法的影响。打破生与死、人与鬼的界限，打破时空界限，吸收欧美现代派时序颠倒、多角度叙述、幻觉与现实交错等艺术手法，这也是《爸爸爸》所运用的艺术技巧。也许韩少功从"魔幻现实主义"的定义——"变现实为幻想而又不使其失真"中受到了某种启迪吧？他要表现出那种深厚的民族心理积淀——这种已经繁衍成世代因袭的"集体无意识"，像沉重的十字架背负在我们民族的脊梁上——而这种积淀却又是旧有的现实主义的手法不能予以传神的再现的。"这里有一种意象，或如说是一种人生的象征"，"说到底，鸡头寨村民对丙崽的观照乃是人的自我观照。我们面前的这个丙崽，恰如对象化的世态人心。"[1] 所有这些，李庆西在《说〈爸爸爸〉》一文中作了非常精当的破译，这种创作动机如果用韩少功写《西望茅草地》，写《风吹唢呐声》时的手法来进行构造，其艺术效果肯定不如现在。我们知道，作者需要表现的是一种不易被人所觉察的民族劣根性，也就是鲁迅先生一直呐喊着要引起注意提请疗救的国民性。这种国民性有极大的隐蔽性，已形成了坚固无比的"集体无意识"。因此，作者为之蒙上一层神秘的雾霭。"一方面是对'夷蛮山地'奇异的自然景象以及风物、风俗大胆描述，而描述中又糅进了某些神话传说；另一方面则是背景的模糊和某些细节处理上的语焉不详。"[2] 我们认为，背景的淡化或漂移，则是作者在描写文化心理积淀时的自觉要求，作

---

[1] 李庆西：《说〈爸爸爸〉》，《读书》1986年第3期。
[2] 同上。

者企图表现的是经过历史大潮冲击后渐渐渗透寄植在我们民族心灵深处的文化心理状态。如果仅用直陈式的现实主义手法是远不能造成这种与内容相适应的强烈艺术氛围的。出于此,作者只得借助于新的表现手法来加大作品的容量,尽量拓宽作品的艺术空间,使读者在许多空白处找到自己对人生的应有答案,希望读者中间能产生一千个哈姆雷特、一万个哈姆雷特,当然,也希望产生出一个最杰出的哈姆雷特来。

也许我们在《爸爸爸》中还能找到"新小说派"的影子。如"穿插""复现""设迷""跳跃""镶嵌"等艺术手法的运用在作品中屡见不鲜。但这些,都是为着作者要表现几千年来封建古国封闭冥顽思想而设置的。如果说"新小说派"对文学的反动在于它贬斥小说的社会意义的话,那么,《爸爸爸》绝非纯形式主义的艺术雕琢。我们可以在一鳞半爪、凌乱不堪的事物中寻觅到有整体价值的社会思想内容。而且,其思想内涵愈隐蔽就愈显其深刻,愈使人感到作品的穿透力之甚,就愈能开启人们对人生的顿悟和对艺术的感知能力。所有这些,不能不说是大大丰富了乡土小说的表现力。

同样,在贾平凹的作品里,你可以看到结构现实主义的影子;在郑万隆的作品里,你可以看到早期象征主义和现代派手法的多重复合;在阿城的作品中(尤其是《遍地风流》)也不无"黑色幽默"式的调侃揶揄情调和新的艺术变奏;在莫言的《透明的红萝卜》里,你也可体味到荒诞派韵味;在吴若增的

"蔡庄"系列中,你可看到象征主义的魔力……但所有这些艺术手法的借鉴并不影响这些作品成为典型的乡土小说。我们以为它们至少保持着乡土文学的二个重要元素:一是充满着"异域情调"的风俗画艺术氛围;二是深刻的民族文化心理的揭示成为作品稳固的精神内核。前者可用郑义的话来阐释:"作品是否文学,主要视作品能否进入民族文化。不能进入民族文化的,再热闹,也是一时,所依持的,只怕还是非文学因素。"[1]我们认为他所说的"文化"是较抽象的,倘使将此形象化一些,这就是风俗画的艺术氛围是文学作品得以苟活的生命力。后者可用鲍昌的话加以阐释:"典型的'寻根'作品,是向历史纵深的艺术回归……它是一个民族心理的沉重负载,一个生死攸关的时代象征。"[2] 也就是说,这些作品在乡土文学的文化岩层中开掘出来的并不是"化石"意义的"死胎",而是返照折射着我们时代和现代人心理的强烈折光,于是这些"活化石"便成为"镜子"意义的"产儿"。如果不能看到这一层,整个作品的社会价值就会贬值,甚至出现与作者创作初衷的哲学意识相悖逆的结论。即使是反对建立乡土文学体和嘲笑"寻根文学"的同志,只要他看到了这一层次,也就不得不承认这些作品所具有的积极意义的思想内涵:"文学同时又在意绪层

---

1 郑义:《跨越文化的断裂带》,《文艺报》1985 年 7 月 13 日。
2 鲍昌:《1985:全方位、多样化文学的繁荣》,《文艺报》1985 年 12 月 28 日。

次里显示它的批判特征。使陈旧历史表象有着某种现代情绪和脉络,那些小鲍庄和鸡尾寨在哲学化的超越意识中螺旋上升,幽美的乡土表象在理性空间里黯淡为丑陋的骷髅。它无言地诉说着关于民族命运的神秘可怖的寓言。它也确乎蕴含着对中国农业社区的国民性的痛苦批判。"[1]

从目前的创作来看,乡土小说主要是在两种形式和层次上同时并进的,他们在描摹风俗画的艺术氛围中展示着自己无尽的艺术才华,令人刮目。除前文所提及的作家以外,像朱晓平(《桑树坪记事》)、史铁生(《插队的故事》)、张宇(《活鬼》)、张炜(《秋天的愤怒》)、赵本夫(《绝唱》等)、映泉(《桃花湾的娘们》)、潮清("单家桥"系列)、肖于(《记得有条瓦锅锅河》)……真可谓洋洋大观,不胜枚举。而另一小部分乡土小说作家(主要是"寻根"派作家)却企图以新的审美观念和"横移"过来的艺术技巧对传统进行改造。他们的"手法是新的,氛围是土的"。[2] 我们以为后者虽然带有探索的冒险性,然而,它却是开辟新乡土文学未知领域,使之在中国文学内得有恒长的生命力的催化剂。即使有失败之处,也不应抱以嘲笑与鞭笞。

中国乡土文学面临着危机吗?随着新技术革命浪潮的冲

---

[1] 朱大可:《半个当代文学和它的另半个》,《文论报》1986年4月11日。
[2] 鲍昌:《1985:全方位、多样化文学的繁荣》,《文艺报》1985年12月28日。

击,有人担心它的前景黯淡,更有人预言乡土文学终究要走向消亡,而被城市文学所替代。"城市文学推开良田美池,推开原野阡陌,推开西部石窟神秘山脊,推开周易八卦巴楚诡气,然后踉跄着站起,一个孤寂而愤怒的亮相。它将不再是经典的地理学概念。而是一台城市文化心理和情绪的示波器,一座技术和货币异化的现象库,一个现代青年审美意识的巨型反应堆,一份赖以实现民族和历史的自我批判的白皮书。"[1] 我们的乡土文学会向隅而泣吗?不!这决不可能!世界上只要还有泥土存在,只要人们赖以生存的还主要是靠农作物,那么乡土文学就不会消亡。更重要的是,你可以推开良田美池,推开原野阡陌……但你永远割不断民族文化的内在联系;你可以建立现代青年审美意识的巨型反应堆,你可以对民族和历史进行反省和批判,但你决不是在民族文化的废墟上建立起理想的金字塔。想割断历史的沿革,那是一种幼稚的幻想。正如在许多优秀的乡土小说中反映出的不同乡土观念的情景一样,人们(包括作家)已经意识到了这股强大的时代气流给人们带来的两种情绪,那种《人生》中所显示出的"只有扎根乡土才能活人"的生活观念确实会引起现代人的逆反心理。而《老井》中所呈示出的两种观念在搏击中同步发展的迹象则又使得人们的心理得以平衡,但这不是简单的"怀旧"情绪。我们并不否认,现

---

[1] 朱大可:《半个当代文学和它的另半个》,《文论报》1986年4月11日。

代意识打破了自然经济的"生态平衡",它不仅仅带来物质的文明,更重要的是它改变着我们民族历史文化心理。乡土观念的强化与弱化必然在时代的更替中、在新一代与老一代的精神搏击中形成悲剧,这个悲剧则是我们这个改革时代在蝉蜕分娩中的痛苦。惟有痛苦,时代方能前行。那么,反映这个尖锐的对立,揭示出两种文化心理的冲突,同是乡土文学肩负的时代使命。至于将来这两种生活对立的消长和这两种文化心理的起伏究竟如何变化,是难以预卜的。但有一点我们可以相信,只要地球尚存在,人类还未消亡,这种在运动中变化着的乡土观念永远是存在的,也许它会不断注进新的审美内容,但绝非混同于高楼林立的城市文学,它更多的是向历史纵深的艺术回归。[1] 由此看来,蛮荒神秘的山林,田园牧歌式的生活,野性而纯朴的风俗人性,也许在将来的文学中会有淡化过程,会随着时代的推进而发生变化。但只要作家们不是以凝滞的艺术眼光去看待它们,那么它仍然是一条永远奔腾不息的江河,人类的民族历史文化在这里发源,就不会轻易隔断。关键是作家们要以流动着的当代意识去对它们作同步的哲学意识的鸟瞰描写,才会创造出更为璀璨的乡土文学之花。

如果有人提出中国乡土文学的前景是什么,我们只能作这样的回答:它会在当代意识的统摄下,在审美观念的不断更新

---

[1] 鲍昌:《1985:全方位、多样化文学的繁荣》,《文艺报》1985 年 12 月 28 日。

中获得存在的价值,获得向世界文学挑战的地位。它无须流派的崛起,而是要高亢地呼唤"巨人"的到来!

(原载《文学评论》1986年第5期)

乡土小说的多元与无序格局

在现代文学史中,我们的作家、批评家、文学史家力图在乡土小说这一创作领域内寻觅恢弘壮丽"史诗"的希冀已经成为泡影。在20世纪的最后几年里,中国文学里的"史诗"和"大家"意识无疑正在被创作的多元与困惑所消解和替代,而创作的多元与困惑却推动着小说艺术的发展。因而,本文试图通过这种多元与困惑的描述来窥探乡土小说创作的走势,以期发现中国从农业社会向工业社会乃至后工业社会转型时的小说艺术变化。

走出田园风景线寻觅失落的政治问题

谁都不会忘记文艺为政治服务给作家创作留下的消极影响,新时期文学的腾飞也正是在摆脱了这种影响的前提下取得的。新时期之初,当汪曾祺第一次把40年前那个田园旧梦送给读者时,人们似乎从这田园风景线的描摹中找到了一种与政治主题剥离的新方法,从中发现了小说所具有的美感功能,虽然这种美感尚带有古典主义的风范,但它足以令人陶醉。正如汪曾祺在《大淖纪事》的创作中所说:"我以为风俗是一个民族集体创作的生活的抒情诗。"[1] 这一"抒情诗"的显现发出的是文学创作游离政治的信号,它不仅仅带来了当时风俗画小说的泛化,同时,也带来了现代文学史学界对于沈从文这样的田园浪漫诗人的重新认识,甚而将沈从文这位田园牧歌的颂者在文学史上的地位拔高到了惊人的程度。这股清新的田园之风犹如一泓清泉流过千万读者的心田,使人忘却"伤痕"之创痛,平复了梦魇的缠绕。比之"伤痕"之后的"反思",诸如《芙蓉镇》《拂晓前的葬礼》《爬满青藤的木屋》《远村》《绿化树》《天云山传奇》《在没有航标的河流上》《犯人李铜钟的故事》《蝴蝶》等,田园浪漫诗篇轻轻地撇开了那种凝重的主题,以轻灵的美感内涵向政治化的母题告别。虽然两者的基本母题同样是在回归五四以来的文学主旨——以人道主义和人性的复归来抨击一切丑恶的现实,但是,从20世纪40年代末以后一直习惯了政治化母题熏陶的广大读者,在听到了一种不同的表述方式后,却更热衷于此,他们似乎找回了那双能听得懂"音乐"的"耳朵",找回了那种体验美的感觉和经验。这也就是田园浪漫诗式的小说一时兴起的根本缘由。

---

[1] 汪曾祺:《〈大淖记事〉是怎样写出来的》,《读书》1982年第8期。

但是，在这块古老的土地上，在这个擅长于思考的民族里，人们是难以摆脱对政治的热恋的。"寻根文学"归根结底是一次寻觅民族政治文化出路的文学运动。我们且不管这次运动得失与否，就其所倡导的民族文化主张，确恰恰和五四新文学运动的方式方法何其相似乃尔。一批以知青作家为代表的"寻根"主流，在这块古老的乡土田园里演绎的仍是那说不尽道不完的"政治文化"，他们作品的母题始终没有离开作为中国"文化"的主要支撑物——政治母题的笼罩，王安忆的《小鲍庄》也好，韩少功的《爸爸爸》也好，阿城的"三王"也好，贾平凹的"商州"系列也好，它们的表层结构虽然充满着迷人的"文化"色彩和魅力，但在其深层结构中却处处表现出对那种规范化政治意识的抨击或礼赞，对儒道释这一中国文化的眷恋最终仍是"政治情结"所致。

从表面上来看，新时期小说在一次一次与政治告别中愈走愈远，最后走入了"新潮小说"之中，走向了"新写实小说"之中。诚然，这两股小说思潮和运动，作为一种现象，它们对于中国小说的发展和多元化格局，作出了不可低估的成绩；作为一种小说运动的过程，它们既有合理性又有必然性。然而，仅仅把它们作为一种对政治的悖反和偏离，却非客观。"新潮小说"操起"纯形式"和"纯技术"的叙事武器，试图走出"田园牧歌"式的乡土风景线，来表现感觉世界的主观意识，它们的描写视阈尽管能够逃避外在田园风景线的客观性摹写，却始终摆脱不了那个政治文化心理的纠缠，在那些灵魂世界的裸露中，我们看到的是"形式"的外壳里裹藏着的一种对旧有的政治文化秩序的怀疑。这本身就是一种对政治文化的介入，只不过"外包装"更加严密而已。如果说马原这样的作家更注重"纯形式"的外包装的话，那么，像洪峰、残雪这样的作家则更趋于对外壳下的叙述感兴趣。为什么"新潮小说"在整个20世纪80年代中后期很快就趋于自生自灭的状态呢？其中最重要的原因就在于它们远离读者，甚至拒绝专门性阅读，忽视接受美学在当代创作中的至关重要的作用，忽视和低估了广大读者在阅读的"历史积淀"中所具有的深层的"政治文化"期待视野因受障碍而不能得以宣泄的审美事实。而"新写实小说"之所以能够较为成功地获得读者的青睐，除了它的"写实"形式更易为人所接受外，最重要的是它对政治社会文化现象的介入呈"放大"式的显现状态，在显现过程中，读者很能找到其中的"自我"，得到审美情感的宣泄。同样，"新写实小说"中的大量乡土作品也如"新潮小说"一样，抛弃了田园风景线的描摹，对田园牧歌式的抒情抱以鄙视的态度，但它对深层的民族乡土文化心理的揭示，一次又一次表述了作者对乡土政治文化颠覆的热衷和乐此不疲的韧性精神。不管刘恒、刘震云们采用什么样的观点，他们作品的政治文化母题都是异常深刻而庄重的，只不过这种母题的表现在不同作家和不同时空里有时呈显现有时呈隐匿状态罢了。刘震云的长篇小说《故乡天下黄花》就是一个最为鲜明的例证。作家的这种对政治文化母题的关注已达到了几近赤裸裸的地步。小说表述的是作者对于颠覆几千年来形成的乡土政治文化格局的无奈与愤怒。那种强烈的人道主义和人性的主观意念的介入,形成整部作品的唯一视角。尽管它是包裹在"反讽"的透境当中。"新写实小说"之所以尚可延续其艺术的生命力,而不像"新潮小说"走向速朽,其根本原因就在于它在不同程度上既满足人们的审美需求又满足人们的"政治文化"的自我宣泄。从中我们可以明显地看出,当"新潮小说"之路已趋穷途时,一些作家明智地重新选择了"新写实"的路途,过去作为"新潮"代表作家的一些人,不是跳出了"叙述游戏"的圈子了吗?干脆拆除"外包装",直接进入社会性的政治问题。

尽管20世纪80年代初的那种对政治母题的巨大热忱已不再可能成为文学尤其是这个农业社会文化转型期的热点,但是,人们隐意识中的政治文化需求,仍旧会通过作品,尤其是乡土小说加以表现。尽管乌托邦式的田园浪漫诗的时代已经终结,出现在人们面前的是一个分崩离析的精神世界和色彩斑斓的物质世界,宁静、温馨、和谐、美丽的乡土氛围和秩序已被喧嚣、躁动、狰狞、丑恶的庞大现代经济机器所吞噬。政治文化格局被严重颠覆的现状将自然而然地被折射于作家的笔底,这是任何人都不可抗拒的。你要表现中国农村的现状吗?你要裸现这驳杂的乡土心理世界吗?你就不能抛弃这一母题的诱惑，这就是艺术家的良心。我不能预言目前所倡导的所谓"新体验小说"在创作过程中有何新的美学意义，但它却不能也不可能偏离政治文化母题的内容表述。从目前有影响的乡土小说作家来看，周大新、刘醒龙、阎连科、刘玉堂、许谋清等都无不对乡村政治文化格局（包括物质和精神的双重错位）作出了即时性的深刻描写。如果说周大新的《向上的台阶》是从纵向将乡村政治文化镶嵌在廖怀宝这个人物心灵中的一部当代农村政治演变史的话，那么刘醒龙的《凤凰琴》《村支书》《黄昏放牛》《农民作家》《秋风醉了》等系列中篇小说则从若干个横断面剖示了当今农村文化格局中光怪陆离的物质与精神的双重错位现象。可以看出，自"新写实"之后，这批作家并不注重外在形式的改造和修正，而是直接地将乡村政治文化格局的历史性颠覆和变异展示给读者。甚至有些作者还部分采用了"通俗文学"的操作方法，直接获取"乡下人"作为乡土小说的阅读对象。

诚然，政治文化母题在乡土小说中的发掘和拓展尚远远没有到位，但作为多元无序格局下的 20 世纪末乡土小说乃至整个中国文学创作的最为重要的表现形态，它应受到普遍性的关注。因为我们正处在一个由农业社会向前工业社会经济乃至后现代主义文化过渡的驳杂而光怪陆离的转型期，对巨大落差压力下的乡土文学所作出的文化反弹，怎能熟视无睹呢！

走出史诗的困境，寻觅死亡诗意的悲喜剧

当中国作家们对所谓"全景式结构"的"史诗性"作品发生怀疑时，几乎在整个20世纪80年代里就已淡化了长篇小说的"史诗情结"，像《芙蓉镇》那样的结构方式已成为新时期的历史。甚至，人们对"史诗"的审美价值亦发生了根本性的怀疑和动摇，即便是《战争与和平》式的巨著也不一定适合于如今的审美需求。然而，当我们仔细厘定近年来长篇乡土小说创作时，就不难发现作家们似乎又重新对大跨度的历史时间发生了兴趣。随意拈出几部长篇便可见端倪：陈忠实的《白鹿原》、刘震云的《故乡天下黄花》、刘恒的《苍河白日梦》。尤其是《白鹿原》已被许多评论家定性为"史诗性"的作品："《白鹿原》无疑具有更大的文化性、超越性、史诗性。"[1] 且不说这些作品空间跨度是极其有限的，不再合乎旧有的"史诗性"巨著的概念，就其作家创作的本意来看，时间和空间在小说中只不过是表现人、社会、历史、文化的一种外在形式，是一种叙述方式的需要而已。小说家究竟要在这里表现什么？大而言之，艺术家们都似乎有一种回眸的艺术本能，他们试图在民族文化心灵历程中寻觅到一种苍凉感，找到一种暂栖灵魂驿站的慰藉，由此而寻求一种新的现代悲剧美感精神。"史诗"

1　雷达：《废墟上的精魂——〈白鹿原〉论》，《文学评论》1993年第6期。

的外在结构形式在这里已不重要,它已经成为一种小说的"道具"而已。就其对"史诗性"的"悲剧英雄"内容来看,如今的小说家几乎都成了旧有美学判断的叛逆者。

诚然,《白鹿原》是描写宗族的历史文化变迁,但作家的视点并非停滞在时间性的历史事件的更迭上,一个个人物的故事都聚焦在人物心灵的变化过程中,虽然这个"过程"尚留有许多"飞白"之处,甚至被割断了因果链条呈反性格逻辑的"二律背反"状态;然而,整个作品并不注重于时间跨度(改朝换代)给主人公心灵带来的性格骤变,也不在意空间跨度(场面转换)会给主人公心理带来的变化契机,而是把整个支撑点放置于这个"近乎人格神"[1]的悲剧性审美描写上,从而揭示出传统政治文化强大的生命力。人物的性格是凝固的,它不受外界因素的制约,却以强大的"自我"人格力量去辐射周围,虽然这种传统的人格包孕着真善美和假恶丑的两极内涵。从中我们可以发现这样一个事实:作家既不是在追求"史诗"的审美效应(这种审美效应或许在视觉艺术中还能造就一种动态的美感而博得观众的喝彩,但在小说审美领域内,最主要的还是靠"内在的眼睛"来寻觅静止中的动态之美的),也不是在追求对悲剧人物的英雄行为的礼赞。这是一个没有英雄的时代,因而,那些古典主义的悲剧观念已不再适用于这类悲剧人

---

[1] 雷达:《废墟上的精魂——〈白鹿原〉论》,《文学评论》1993年第6期。

物，悲剧的崇高美学价值判断已被完全消解了。每一个人物都包孕着道德伦理的两极和文化性格的分裂，因而在这种人格的背反下，尽管作家并没有意识到其悲剧所具有的"存在"意义，但它毕竟超越了欲达理想而又不能达到的历史的必然性的悲剧陈规。陈忠实说："当我第一次系统审视近一个世纪以来这块土地上发生的一系列重大事件时，又促进了起初那种思索进一步深化而且渐入理性境界，甚至连'反右''文革'都不觉得是某一个人的偶然的判断的失误或是失误的举措了。所有悲剧的发生都不是偶然的，都是这个民族从衰败走向复兴复壮过程中的必然。这是一个生活演变的过程，也是历史演进的过程。"[1] 也许，作者的原意是想通过"历史演进的过程"来折射人物的民族文化心态的冥顽性，道出"历史的必然"的悲剧性。但是，它再也不能通过人们的视知觉把"崇高"或"同情与怜悯"送入悲剧审美的历史轨迹。悲剧，它在当代人的审美视域中，那种死亡的诗意不再是理想和崇高的组合，不再是引起同情和怜悯的激情时，它的那种普泛的人性和人道主义力量还存在吗？从某种程度上来说，现代悲剧精神正在走向消亡悲剧与喜剧临界点的审美极端，虽然人们尚未从目前的创作现象中概括出定性的悲喜剧相混合的理论意义来，但从种种的创作发展趋势来看，我们很难不从米兰·昆德拉的《小说的艺术》

---

1 陈忠实:《关于〈白鹿原〉的答问》,《小说评论》1993 年第 3 期。

中得到启迪:"悲剧把对人的伟大的美好幻想奉献给我们,带给我们安慰。喜剧则更为残酷:它粗暴地将一切的无意义揭示给我们。我觉得人类所有的事情都包含着它的喜剧性的一面,它们在有些情况下,被承认、接受、开发;而在另外的情况下,则被遮羞。真正的喜剧天才并不是那些让我们笑得最多的人,而是那些揭示出一个不被人知的喜剧的区域的人。历史始终被看作一个只能严肃的领地。然而,历史不被人知的喜剧性是存在的。有如性的喜剧性(难于被人接受)之存在。"[1] 尼采所说的"悲剧的安慰"显然亦不适用了。悲剧掺入了米兰·昆德拉所说的这种新的喜剧性质,这是"一个不被人知的喜剧的区域",这种悲喜剧在抒写历史这块"严肃的领地"时,我们往往看不清作家的"表情",他(她)有时似乎是庄严的,有时似乎戴上了小丑的面具,有时似乎在故作姿态。叙述"表情"与叙述内容往往呈逆反情状。这种叙述情状当然更适合于表现人格的分裂。

如果说这在《白鹿原》这部恢弘的民族文化心灵历程作品的描摹中还表现得不够充分的话,那么,在《故乡天下黄花》和《苍河白日梦》这两部作品中就表现得更为突出了。有人已经把这种叙述情状归纳为"反讽结构"了,但是,所需指出的

---

[1] [捷克]米兰·昆德拉:《小说的艺术》,北京,生活·读书·新知三联书店,1992年,第121页。

是,"反讽"最终是产生喜剧式的审美内容,而这些作品中仍掺有那种对悲剧美学效应的追求之痕迹,有时也可清楚地看到作家摘下"面具"后表现出的真诚:"总之,在我看来,刘震云的反讽,并没有局限于审视所谓'生活的原生态'的喜剧效果。"[1] 而是把悲喜剧相混淆,表现出一种对历史的轻鄙和不屑:"《故乡天下黄花》是写一种东方式的历史变迁和历史更替。我们容易把这种变迁和更替夸大得过于重要。其实放到历史长河中,无非是一种儿戏。"[2] 难道作家在抒写历史变迁和更替时是没有美学原则和目的的吗?这并不符合作品的实际。作家所追求的是一种新的"死亡的诗意",刘震云笔下的人物在一片戏谑性的闹剧声中,在那毫无崇高和庄严的历史中颓然倒下,这些人生是无价值的,但这段历史孰能无价值?巨大的死亡诗意蕴藉在这历史的闹剧中,无论刘震云们是否意识得到,它依然存在。如果说刘震云并不突出这一审美内容的话,那么陈忠实在《白鹿原》中却十分清晰地表达了这种对死亡诗意的新追求:"在死亡大限面前深掘灵魂,更是《白鹿原》的一大特色。它写了很多生命的殒落:小娥之死,仙草之死,孝文媳妇之死,鹿三之死,白灵之死,兆海之死,朱先生之死,黑娃之死……真是各有各的死法,充分表现了每一个人都是独

---

[1] 陈晓明:《漫评刘震云的小说》,《文艺争鸣》1992年第1期。
[2] 刘震云:《整体的故乡与故乡的具体》,《文艺争鸣》1992年第1期。

一无二的人,一反过去有些作品在死亡描写上的大众化、平均化、模式化的平庸。"[1] 我认为这不仅仅是对个体生命悲剧描摹的一次独特发现,它的独特之处更表现在作家通过对这些死亡的描写发现了一种历史文化的诗意,正如主人公白嘉轩那强大的雄性生殖力一样令人惊悸战栗。而刘恒的《苍河白日梦》却从历史的梦境中慨叹人性的扭曲和变异,从而从死去了的历史情境中解脱出来,得到一种心灵的慰藉。这里似乎没有"死亡的诗意",但我们从人的囚笼中看到了历史死亡的诗意。历史虽然尚未完全翻过这沉重的一页,但是,我们却在这些作品中看到阿Q们的面影,读到鲁迅式的"呐喊"与"彷徨"。颇有意味的是,中国的乡土小说几乎走完了一个世纪的历程,而鲁迅在世纪初的"呐喊"竟也在20世纪末得到回应,这并非一种循环往复的怪圈,而是历史在正告人们:"人"的命运、民族的命运的"新陈代谢"还远远没有完成。鲁迅先生应该说是第一个使用"佯谬""反讽"的"曲笔"来抒写阿Q这一形象的,这一悲剧形象的内涵却是用喜剧的外壳形式包裹着的。作者试图通过阿Q这一人物的表象世界的虚拟性创造,来达到摆脱现实生存痛苦逃遁到表象世界里去的目的;但另一方面那种咀嚼痛苦,在痛苦中获得悲剧性审美快感的诱惑又使他着力对阿Q的个体生命进行一次又一次的否定之否定的肯定性

---

[1] 雷达:《废墟上的精魂——〈白鹿原〉论》,《文学评论》1993年第6期。

价值判断。这就形成了"酒神精神"和"日神精神"相交、悲剧和喜剧相合的特殊审美现象。可以说,在追求"死亡的诗意"的审美要求下,许多乡土小说在对人和民族的灵魂拷问中麇集于对大跨度的历史追问的焦点上。和鲁迅先生遥遥相对,他们一个站在世纪的前端,一个站在世纪的末端,同样试图站在"世界原始艺术家"的角度来返观人类和民族的痛苦,希冀在世纪的转折点上看到一次"死亡的诗意"带来的人类历史的蜕变,"现实的苦难就化作了审美的快乐,人生的悲剧就化作了世界的喜剧"[1]。这种二度循环的悲喜剧境界似乎成为乡土作家的共同的乌托邦世界。在文化破灭、精神沦丧的"浮华世界"里,"死亡的诗意"追求不乏为一种新的刺激,尔后也许又是"彷徨"和追求。

走出理性的精神家园,寻觅神秘的野性旷野

或许,自莫言的《红高粱》开始,那种充满野性原始驱力的"谬斯"又被重新召回艺术的殿堂。大约从 20 世纪 30 年代以后,文学逐渐进入了理性的精神家园,在有秩序的审美规范中徜徉,五四时期的那种以"兽性主义"作驱力来弘扬人性解放的呼声渐退。尽管 30 年代瞿秋白将鲁迅比拟为罗马神话中

---

[1] 周国平:《〈悲剧的诞生〉译序》,见[德]尼采《悲剧的诞生》,周国平译,北京,生活·读书·新知三联书店,1987 年,第 2 页。

的莱谟斯,"他回到'故乡'的荒野,在这里找着了群众的野兽性,找到了扫除奴才式的家畜性的铁扫帚,找着了真实的光明的建筑","是的,鲁迅是莱谟斯,是野兽的奶汁所喂养大的,……他从他自己的道路回到了狼的怀抱"。[1] 无独有偶,苏雪林在30年代也从另一个角度阐释出值得弘扬的沈从文乡土小说的"野兽气息"来:"这理想是什么?我看就是想借文字的力量,把野蛮人的血液注射到老态龙钟、颓废腐败的中华民族身体里去,使他兴奋起来,年轻起来,好在20世纪舞台上与别个民族争生存权利","他很想将这份蛮野气质当作火炬,引燃整个民族青春之焰"。[2] 如果重新估价这两位乡土小说巨子,我们似乎不难发现他们血管里汩汩流淌着的野性思维的特征。然而,这种野性思维直到80年代的一曲《红高粱》才又被重新拼接延续下来。这被文学遗弃了半个世纪的"潘多拉的盒子"一旦被打开,作家的理性便处于失控状态,它们跨出了有秩序格局的精神家园的樊篱,在清新自由的野性的旷野和荒原中呐喊着,彷徨着。诚然,这种野性思维的滥觞带来了审美的变异和新鲜感,带来了乡土小说多向度的审美渠道和文化内涵。就像绘画技巧第一次打破了"黄金分割"的对称和谐美一样,它带来了乡土小说的一派生机。一时间,蛮荒的背

---

[1] 瞿秋白:《〈鲁迅杂感选集〉序言》,见《瞿秋白选集》,北京,人民出版社,1985年,第526—527页。
[2] 苏雪林:《沈从文论》,《文学》1934年第3期。

景、原始状态的自然关系、风俗人情、暴力、食、色、性……那些美丑胶着、善恶相混、真假杂糅的原始性、原生态的描写一齐涌入乡土作家的笔底。几乎所有的乡土小说都在不同程度上"染指"于这类描写。无疑,这种充盈着野性的描写增强了视知觉的审美效应,小说不再构架在理性规范的"畛畦"中,旷野和荒原更具有开阔的视阈,更具有野性的魅力。当莫言把"我爷爷"和"我奶奶"在如血的"红高粱"地里野合的特写镜头第一次推向读者时,人们对于"性力"的惊讶犹如讶异外星人的入侵。随着《伏羲伏羲》等大量的性味无穷的描写镜头的裸露,通过电影这个"现代鬼怪"的传播媒体的介入,性已不再成为野性思维的障碍。作为对生命图腾的崇拜,这种对野性的张扬并不与沈从文式的充满自然情态的和谐宁静的性描写相一致,它对性的夸张始终充满着一种强烈的文化内涵:对个体生命的潜能的发掘成为作家"群体性"的艺术追求。从王安忆的《岗上的世纪》以后,出现于 90 年代的乡土小说在很大程度上在性描写的区域内将此作为一种文化的隐喻和审美的特殊符号。而新近的所谓"陕军东征",集体造就了一次野性"大越位"现象似乎是一种新的信号。这和另一种乡土小说的写法显然有着质的区别,刘醒龙、周大新、许谋清等,甚至刘玉堂这样的乡土作家遵循恪守的是那种随着情节的需要而出现的含有社会属性内容的性描写规模。而陈忠实们却是将此作为文化的载体,历史的载体,赋予其深沉的美学礼赞。正如雷达所言：有些描写是"可以当作抒情诗来读"[1]的。在林林总总的性描写中，你尽可以找到其文化冲突、心灵冲突、历史冲突的合理性，这在雷达的分析文章里《废墟上的精魂——〈白鹿原〉论》）都作了独到的精辟的分析，无须再赘言。然而作为一种文化现象，一种创作的趋势，从积极意义上来说，性的浪漫化是五四新文学运动呼唤人的解放在20世纪末的最后呼应，它有利于健壮民族文化心理的雄强之力，修正、再造民族文化心态的新质。从消极意义上来说，作为一种文化的谵妄，一种文明的背反物，它是否会引导民族文化心理进一步迎合物欲发展的需求，向人欲横流的物质世界倾斜而完全抛弃理性束缚，走向精神的"荒原"乃至堕落成为告别"灵"的肉体兽性皈依呢？这种担心当然是多余的，但真理往往再向前跨一步就会成为谬误的古训似乎还是适用的。

在这一点上，似乎刘恒的创作显得大胆而又适度，从《伏羲伏羲》开始，到《苍河白日梦》，同样是把性描写置于中心位置，同样是将其作为历史和文化的载体，某种节制野性泛滥的情绪在作家创作主体中得到一定和谐的调适，完全没有"过把瘾就死"的创作情绪支配，这样，虽然在艺术上没有造成感官的刺激性"快感"（这里所说的"快感"是特指审美内容的形而上感觉），没有《白鹿原》里那种淋漓尽致的性描写所引

---

[1] 雷达：《废墟上的精魂——〈白鹿原〉论》，《文学评论》1993年第6期。

发的文化联想更令人惊诧和新锐。但这种理性的制约似乎是必要的。两种形态的性描写所表现的野性放逐的程度的不同,孰优孰劣?也许即时性的价值判断本身就是一种错误的选择,只有与事件拉开一段历史的距离以后才能廓清其真实面目。但从艺术的直觉来看,矫枉过正毕竟要多走些弯路。形下的描写泛滥当然是与野性思维的放逐有关,完全放弃理性的"天马"终究有归槽之时,只是希望不再是以放弃野性的形下描摹为前提。中国的小说历史仍旧是如此残酷。诚然,重归"伊甸园"并不意味着对野性思维的否定,那个教会亚当和夏娃"羞耻"的蛇固然是一种邪恶的象征,但这毕竟是一种人类打破性蒙昧的历史进步。我们亦不必为野性的放逐而感到恐惧和悲哀,应该相信艺术家会在创作过程中完成自我调适。

显然,目前的乡土小说创作是呈多元的、无序的格局,在不同作家和作品那里,这种无序和多元的格局带来的是一种艺术的自由空间。

走出田园牧歌的青年作家们向着乡村矫情的歌手发出了鄙夷的呼唤,在他们皈依乡村政治文化的描写领域时,表现出了一种难隐的乡土情感。至今,响在我身畔的仍是那次在"中德乡土文学研讨会上"刘震云和莫言"仇恨故乡"的惊人之语:"从目前来讲,我对故乡的感情是拒绝多于接受。我不理解那些歌颂故乡或把故乡当作温情和情感发源地的文章或歌曲。因为这种重温旧情的本身就是一种贵族式的回首当年和居高临下的情感的表露。"[1] 或许,这是对故乡介入的另一种方式,是人性和人道主义走入极致的表现。他们在重新走入乡村政治文化秩序时,能给20世纪的中国乡土社会带来历史性的总结吗?当然,我们并非要艺术家回答这样的政治性问题。而它们存在的美学价值和社会价值不正是由此而折射吗?

当"史诗"不再成为作家创作主体追求的美学对象时,追逐那种"死亡的诗意"则成为众多乡土作家的自觉。悲剧不再成为"崇高"和"引起同情和怜悯"的古典情感时,那种咀嚼痛苦,视之为欢乐的悲剧新质在成长,寻找悲剧后面的文化内涵,将喜剧的审美特征作为添加剂掺入悲剧,使之成为亦悲亦喜又非正剧的"悲喜剧",或恐是艺术的使然、时代的使然。这种变异带来了新锐的审美感觉,但它能否成为一种固定的审美形式呢?

当理性的精神家园的樊篱被冲破后,野性思维带来的巨大引力和反动力同时并存,乡土小说作家将怎样去选择应走的路径呢?

中国的经济正以它硕大无朋的巨口啃噬着中国的文化,尤其是中国乡土文化所遭受的挤压更令人触目惊心。这无疑为乡土小说作家提供了最好的表现契机。在这无序的多元的格局下,创造出一部部色彩斑斓的优秀乡土小说,为20世纪的中

1　刘震云:《整体的故乡与故乡的具体》,《文艺争鸣》1992年第1期。

国文学抹上最后一片云霓,当是乡土小说家的历史使命。尽管我们不能强求作家在一种模式下"生产",也不能以一种美学规范来进行统一"操作",也无须为迎接新世纪的小说曙光搔首弄姿,但我们应无愧于20世纪的乡土小说。

(原载《文学评论》1994年第3期)

20世纪中国地域文化小说简论

整个20世纪，随着小说地位在文学史上的不断提高，文学批评家和文学史家们将小说和小说家的分类已经精确到了职业、行当和年龄档次。但是，在幅员辽阔、地大物博的国土上，在五千年文明史根深蒂固的文化熏染下，在20世纪社会动荡的民族心理文化嬗蜕中，本世纪的中国地域文化小说所呈现出来的异彩，尚未引起人们尤其是新时期以来的文学批评家和文学史家们的足够重视。

这里须得强调的是：所谓地域文化小说，并不是简单地以地理性的区划来归纳小说和小说家，也不是单纯以小说的文化类别和特征来区别不同的作家和作品。而是通过这个"杂交学科"派生出一种新的小说内涵特征。简言之，"中国地域文化小说"既要具备地域、群种、小说三个要素；同时，更不能忽略由这三个要素而组合成的小说背后的斑斓而深厚的各种各样的政治的、社会的、民族的、历史的、心理的……文化内涵。

"地域"在这里不完全是一个地理学意义上的人类文化空间意义的组合，它带有鲜明的历史的时间意义，也就是说，它不仅仅是一个地理疆域内特定文化时期的文学表现；同时，它在表现每个时间段中的文学时，都包容和涵盖着这一人文空间中更有历时性特征的文化沿革内容。所以说，地域文化小说不仅是小说中"现实文化地理"的表现者；同时也是"历史文化地理"的内在描摹者。据说美国"新文化地理学派"认为文学家是天然的文化地理学家，其热门的"解读景观"就是从历史和地理两个维度来解析文学的模式。

其实，注重小说的地域色彩，这在每一个小说家，每一个批评家，每一个文学史家，都在有意识和无意识之间形成了一种稳态的审美价值判断标准。从西班牙塞万提斯的《堂吉诃德》到法兰西巴尔扎克的《人间喜剧》，从英国的哈代到美国的福克纳和海明威，再到拉美的博尔赫斯、马尔克斯，几乎世界上每一位成功的大作家都是地域小说的创作者，更无须说20世纪的中国小说了。从鲁迅、沈从文、茅盾、巴金、老舍到新时期"湘军""陕军""晋军""鲁军"……的异军突起，几乎是地域特征取决了小说的美学特征。就此而言，越是地域的就越能走向世界，似乎已是小说家和批评家们公认的小说美学准则。美国小说家兼理论家赫姆林·加兰曾精辟地指出："显然，艺术的地方色彩是文学的生命力的源泉，是文学一向独具的特点。地方色彩可以比作一个人无穷地、不断地涌现出来的魅力。""今天在每种重大的、正在发展着的文学中,地方色彩都是很浓郁的。""应当为地方色彩而地方色彩,地方色彩一定要出现在作品中,而且必然出现,因为作家通常是不自觉地把它捎带出来的;他只知道一点:这种色彩对他是非常重要和有趣的。"[1] 勃兰兑斯曾经给浪漫主义文学下过一个非常精彩的定义:"最初,浪漫主义本质上只不过是文学中地方色彩的勇猛的辩护士","他们所谓的'地方色彩'就是他乡异国、远古时代、生疏风土的一切特征。"[2] 在中国,五四时期由周作人所提出的一系列文学的"风土"和"土之力""忠于地"的主张,也正是强调小说的地域特征。他认为:"风土与住民有密切的关系,大家都是知道的:所以各国文学各有特色,就是一国之中也可以因地域显出一种不同的风格,譬如法国的南方有洛凡斯的文人作品,与北法兰西便有不同。在中国这样广大的国土当然更是如此。"[3] 茅盾可谓是中国地域文化小说的理论建设者和实践者,在他主政《小说月报》时,就在1921年5月31日《民国日报》副刊"文学小辞典"栏目中加上了"地方色"词条:"地方色就是地方的特色。一处的习惯风俗不相同,就一处有一处底特色,一处有一处底性格,即个性。"

---

[1] [美]贺姆林·加兰:《破碎的偶像》,见《美国作家论文学》,刘保端等译,北京,生活·读书·新知三联书店,1984年,第84页。

[2] [丹麦]勃兰兑斯:《十九世纪文学主流》(第5册),北京,人民文学出版社,1997年,第19页。

[3] 周作人:《地方与文艺》,《之江日报》(十周年纪念号)1923年3月22日。

1928年茅盾为此作了详尽的诠释："我们决不可误会'地方色彩'即是某地的风景之谓。风景只可算是造成地方色彩的表面而不重要的一部分。地方色彩是一地方的自然背景与社会背景之'错综相'，不但有特殊的色，并且有特殊的味。"[1] 由此可见，早期的中国作家们很是在乎小说地域审美特征的。至于后来茅盾在1936年给中国乡土小说定性时，不仅仅是强调了小说"异域情调"的审美餍足，而且更强调了小说作家主体的"世界观与人生观"对小说审美的介入。

综上所述，我们不难看出，地域特征对于小说审美特征的奠定是如此至关重要。但是，就小说的创作实践来说，由于各个作家对地域特征的重视程度不一，有的作家在创作小说时进入的是"有意后注意"的心理层次，有的作家进入的却是"无意后注意"的心理层面，这就造成了小说地域特征的显在和隐在、鲜明与黯淡的审美区分和落差。我以为，地域文化小说之所以强调其地域性，起码是有以下几点构成了它的审美因素。

首先，地域人种是决定地域文化小说构成的重要因素。"从地域学角度研究文艺的情况和变化既可分析其静态，也可考察其动态。这样，文艺活动的社会现象就仿佛是名副其实的一个场，……作品后面的人不是一个而是一群，地域概括了这

---

[1] 茅盾：《小说研究ABC》，见吴福辉编《二十世纪中国小说理论资料》（第3卷），北京，北京大学出版社，1997年，第57页。

个群的活动场。那么兼论时空的地域学研究才更有意义。"[1]而"地域人种"就是"群种"的"活动场"。

所谓"地域人种",就是一个群居的居民集团。相对而言,他们因为地理障碍或是社会禁令而与其他群居集团所形成的民族心理、民族文化人种的内在特征的反差,以及构成这一群居集团特有的遗传基因和相貌体征(人种的外在特征),制约着这一群居集团人种的生物学和社会文化学意义上的存在。作为小说,不仅是要完成其外在特征的描摹,就如早期现实主义作家注重地域性的人种相貌、服饰、风俗习惯描写那样,直观的外在描写于地域文化小说的审美特征有着一种初始性的血缘关系;而且,地域文化小说还须更注重内在特征的底蕴发掘,尤其是在风俗人情的描摹中透露出这一群居人种别于他族他地的文化特征。关于这一点,下文将作详尽论述。

其次,地域自然也是制约文化小说的重要审美因素。

所谓"地域自然",就是自然环境为地域人种的性格特征、文化心理、风俗心理、风俗习惯……的形成所起着的重要决定作用。这种"后天性"的影响,也成为地域文化小说所关注的最重要的内容之一。《汉书·地理志》中对自然环境影响人种作出了精辟分析:"凡民函五常之性,而其刚柔缓急,音声不同,系水土之风气,……好恶取舍,动静之常,随君上之情

---

[1] 金克木:《文艺的地域学研究设想》,《读书》1986年第4期。

欲。"按地域的自然环境条件来区别人种性格还是有一定的道理的。因为自然环境在很大程度上制约着地域人种的文化心理和行为准则，所谓"一方水土养一方人"就是这个道理。而地域文化小说对自然景观、气候、风物、建筑、环境的描写情有独钟，它在很大程度上丰富了地域文化小说的美学表现力。

再者，地域文化则是地域文化小说的根本，如果前两者只是地域文化小说形成的外部条件，而"地域文化"则是地域文化小说不可或缺的内在因素。我们这里所说的"文化"不是指那种狭义的文化，而是泛指包括政治、经济、社会、历史、民族、心理、风俗等各个层面的一切制约人的行为活动的、内在的人文现象和景观。无须列举西方自中世纪以来的现实主义与浪漫主义的地域文化小说创作所自然而然流淌出来的人性和人道主义的人文哲学汁液，就本世纪以来的中国地域文化小说所折射出的人文光芒，已然是一道绚丽多彩的文化风景线。鲁迅的地域文化小说以其璀璨的人性内涵与愤懑的人文情绪，铸造了五四小说的民族文化之魂，那种对民族根性振聋发聩的灵魂叩问，可说是唤醒了几代中国知识分子的良知。同时，也以其强大的哲学文化批判的思想穿透力，奠定了20世纪小说以文化为本，以文化为主体构架的文本模式，尤其是地域文化的文本模式。当然，在整个20世纪的中国地域文化小说创作的历史长河中，作为地域小说中的文化消长，是以时代的创作风尚而随之变化的。但是，无论怎么变化，作为地域小说的母题，其文化内涵是无论如何也抹杀不掉的，它已经成为一种小说创作的固态心理。

从地域人种（由大到小的地理意义上的群居集团分类）、地域自然（由域区划分的自然环境景观）到地域文化（由表层的政治、经济、历史、风俗等社会结构而形成的特有的民族、地域的文化心理），由此而形成的中国地域文化小说的美学特征，在整个20世纪波澜壮阔的文学史长河中，呈现出了最为壮观的小说创作景象，它无疑成为本世纪异彩纷呈的艺术景观中最为灿烂夺目的一束奇葩。

20世纪从鲁迅开始的地域小说跋涉，一开始就显现出了它强烈的地域色彩。鲁迅笔下浙东人种、环境、文化的风俗画描写几乎为五四文化小说奠定了不可磨灭的地域文化胎记。阿Q、孔乙己、闰土、祥林嫂们的面影既是充满了浙东人个性的"这一个"艺术典型；同时也承载着整个中国人的民族文化心理的共性特征。鲁迅从外部和内在的两个端点展开了地域文化小说创作的作家悲剧心路历程。

沿着这条地域文化小说的轨迹，五四以后一大批的地域小说家着眼于对悲剧性的文化内涵揭示，以期来完成五四人性和人道主义的文学母题。鲁迅说"已被故乡所放逐"的赛先艾和许钦文都是用"异域情调来开拓读者的心胸"的乡土小说作家。一个是从老远的贵州走近文化圈的作家，他的《水葬》《在贵州道上》可谓地域文化小说的佼佼者，可惜他的作品甚少。一个是浙东乡土地域的描摹者,他的《疯妇》《鼻涕阿二》与《祝福》《阿Q正传》有着异曲同工之妙。他们的风格之所以受到鲁迅的称道,正是在他们的地域风景、风情、风俗的描写背后,透露出了五四文学悲剧文化的人性色彩。另外一位倍受鲁迅青睐的作家是台静农,他的小说之所以被鲁迅称为"优秀之作",首先是它的地域性的描写,然后是那"孤独"的人性文化内涵的力度:"能将乡间的死生,泥土的气息,移在纸上的,也没有更多,更勤于这位作者了。"[1] 台静农的《天二哥》《吴老爹》《蚯蚓们》《负伤者》《烛焰》虽多为短制,但其在风俗人情的背后所释放出的深刻哲学文化内涵是一般五四作家们难以比拟的。彭家煌的地域文化小说可谓较早的"湘军"作品之翘楚,他的短小说云诡波谲,漫溢着浓烈的地域色彩。在轻松谐趣的风俗描写中,透露出具有沉郁讽刺文化内涵的主题来。他的《怂恿》《活鬼》《喜期》《喜讯》等地域小说已经在技巧上相当圆熟,"浓厚的'地方色彩',活泼的带着土音的对话,紧张的'动作',多样的'人物',错综的故事的发展——都使得这一篇成为那时期最好的农民小说之一"[2],乃至黎锦明在《纪念彭家煌君》中认为彭家煌"那有特出手腕的

---

[1] 鲁迅:《〈中国新文学大系·小说二集〉导言》,见《鲁迅全集》(第6卷),北京,人民文学出版社,1981年,第255页。

[2] 茅盾:《〈中国新文学大系·小说一集〉导言》,见赵家璧主编《中国新文学大系·小说一集》,上海,上海文艺出版社,1981年,第28页。

创制，较之欧洲各小国有名的风土作家并无逊色"。

像王鲁彦、王统照这样的地域作家，之所以在文学史上葆有一定的地位，关键就在于他们的作品在描写中国农村溃败景象时，平添了风俗画的地域人种、自然的描摹。像王统照的长篇小说《山雨》最受人宠爱的却是"地方色彩"的描写。茅盾说它"到处可见北方农村的凸体的图画"。

这里，我们须得涉及文学史上的一个最为敏感的问题，即如茅盾这样的作家，他的创作实践《子夜》及"《蚀》三部曲"、《野蔷薇》、"农村三部曲"以及《林家铺子》《当铺前》《小巫》《泥泞》《水藻行》等小说，究竟哪些作品是优秀作品？孰高孰低，孰优孰劣？我想，其实用茅盾早期的美学观（也是晚期不断流露出的隐形审美心理）来衡量，是不难看出的。"《蚀》三部曲"和《野蔷薇》在心理描写上是最惊世骇俗的，它们在文化思想内涵和悲剧风格上是卓有建树的，但其地域文化色彩并不浓郁。而《子夜》和"农村三部曲"等虽有主题先行之嫌，但是它们所呈现出的地域文化色彩（包括《子夜》描写的五光十色的都市文化风景线）足以抵消小说文化主题显在直露的审美缺陷。尤其像"农村三部曲"和《水藻行》这样的描写浙江农村的风俗画面，更是令人叹为观止。从中，我们可以看出，题材不是决定小说审美内涵的重要因素，而地域文化风俗色彩却是左右小说审美力度的重要因素。

如果说"文学研究会"的大部分小说作家在致力于"为人

生"的写作过程中,更注意地域文化小说的社会结构和悲剧审美的描摹和阐扬,那么,像废名、沈从文这样以"田园牧歌"的"曲笔"来抒写中国宗法农业社会中人的"生命流注"(沈从文语)的作家,则更注重地域文化色彩的描写。这成为"京派"小说的一种艺术风格徽标。他们的作品在一片温馨祥和、冲淡恬美的氤氲氛围中充分体现出"田园诗风"的绵长韵味:竹篱茅舍、菜畦山林、鸟语花香、小桥流水、白云苍狗、月华塔影、边城古镇……,构成了地方风俗画的长长风景线,深深地影响着几代中国小说家。淡化情节、淡化人物,把小说当作散文和诗来抒写的作家,恐怕要算废名(冯文炳)和沈从文了。然而,在浓郁的地域风俗色彩的描写背后,这些作家作品是否失落了文化的根本呢?回答应该是否定的。同样,沈从文们的作品也是以五四人性和人道主义的眼光来扫描人的生命受到政治和文化压迫而变形的痛苦过程的,只不过他们所用的是"曲笔"而已。这一点绿漪女士(苏雪林)则看得很清楚,她认为:沈从文的小说是很有"野兽气息"的,"他很想将这份蛮野气质当作火炬,引燃整个民族青春之焰","沈氏虽号为'文体作家',他的作品不是毫无理想的。不过他这理想好像还没有成为系统,又没有明目张胆替自己鼓吹,所以有许多读者不大觉得,我现在不妨冒昧地替他拈了出来。这理想是什么?我看就是想借文字的力量,把野蛮人的血液注射到老态龙钟,颓废腐败的中华民族身体里去,使他兴奋起来,年轻起来,好在世纪舞台上与别个民族争生存权利"。[1] 可见，沈从文的小说在"反文化""反文明"的写作过程中，不是消解地域文化小说的文化内涵和意义，而是从人和自然的和谐统一中，找到了反抗封建专制和反抗在城市文明泯灭人性的通道。作为"京派小说"的中坚人物，沈从文们在地域风俗画的描写上走入了"田园诗风"的极境，而在地域文化内涵的发掘中，他们更具有人性的深度。他们"只想造希腊小庙，选山地作基础，用坚硬石头堆砌它。精致、结实、匀称——这种庙供奉的是'人性'"，"为人类'爱'字作一度恰如其分的说明"。[2]

就"社会剖析派"的小说创作来说，其地域文化色彩较为浓郁的作家作品，可能要算吴组缃、沙汀、艾芜这样的短篇小说高手了。吴组缃的《箓竹山房》以其"秋坟鬼唱鲍家诗"的"鬼气殊多"的特有情境，显示了地域文化小说的神秘主义魅力，而《一千八百担》和《樊家铺》这样为人熟知的作品则更能体现出它们的地域文化色彩。沙汀的《在其香居茶馆里》之所以成为教科书式的小说范本，其中最重要的因素可能就在于它的地方色彩与乡村政治文化内涵的完满融合。艾芜小说之所以成为一种美的范式，除了"想借自然的花朵来装饰灰色和阴

---

[1] 苏雪林：《沈从文论》，《文学》1934年第3期。
[2] 沈从文：《〈从文小说习作选〉代序》，见《沈从文文集》（第11卷），广州，花城出版社，1984年，第46页。

暗的人生"[1]的文化内涵阐释外；更重要的还是想借"描画山光水色的调色板"（周立波语）来表现旖旎多姿的边陲自然景观，以及那带着浓郁异国情调的风俗画卷。

在"东北作家群"中，无论是萧红还是萧军，抑或是端木蕻良，那北国的地域文化色彩都十分浓烈醇厚。读《呼兰河传》使你坠入那带有童话般的地域风情中，而《科尔沁旗草原》的一曲牧歌将你引领进边塞草原的诗韵之中。

可以说，在20世纪中国文学史的历史长河中，30年代对"巴蜀文学"中李劼人的长篇小说《死水微澜》的忽视，是不能容忍的。这部可作为中国地域文化小说典范的作品，无论从地方色彩，还是文化底蕴来说，都堪称一流。李劼人后来创作的长篇巨制《大波》也仍然保持着地域文化小说的特有风格。可惜的是二十世纪五六十年代由于某种文学倾向的偏颇，使其"明珠暗投"了。

即使是在20世纪40—70年代，小说逐渐走上了单一的为政治服务的轨道，其地域色彩的描写也还存在，在一定程度上，它成为遮掩空虚的政治文化内涵的审美饰品。赵树理的小说，如果没有浓郁的地方色彩和人物性格支撑，或许早就成为政治"传声筒"的牺牲品了，他的"山药蛋派"也就灰飞烟灭了。而孙犁所苦苦追寻的也正是那地方色彩给作品平添的诗情

---

[1] 周立波：《读〈南行记〉》，见胡德培编《中国现代作家选集·艾芜》，北京，人民文学出版社，1986年，第255页。

画意，否则，"荷花淀派"所赖以生存的美学基础就被抽空了，刘绍棠们的风俗画卷也就悄然褪色。即使像柳青、浩然那样的长篇巨制，除了地方色彩还能构成小说的某些内在审美机制外，《创业史》和《金光大道》还有多少人物特征和文化内涵可以供后人借鉴和发掘呢？如果说《红旗谱》那样的作品还能在"十七年文学"中成为值得一书的优秀之作，其审美的引力仍然是它的地域色彩，当然，它在人物塑造和文化内涵的揭示中，也多多少少与同时代的作品有所区别，"距离"使它产生了美感和魅力，同时也使它的生命力更有恒久性。

新时期以来，因着地域色彩被小说家和批评家们所高度重视，中国地域文化小说便有了长足的发展。可以毫不夸张地说，中国地域文化小说作为新时期小说创作的一种主流倾向，它标志着中国小说的成熟与飞跃。正由于为了打破小说为政治服务的僵化模式，人们才用充满着地域文化色彩的小说来割裂小说一元化的行为模式，以形成小说的多元格局。从汪曾祺重温40年前那一个温馨的梦境，续上"京派小说"的香火；从刘绍棠标举"乡土小说"的大旗，在京东大运河畔寻觅一方土地的神韵；从贾平凹、路遥、陈忠实等为代表的"陕军"的恋土情结中；从古华、莫应丰、孙健忠、彭见明等为代表的"湘军"异域风情描写中；从赵本夫、苏童、叶兆言、范小青、储福金、张国擎、李杭育等充满着"吴域文化特征"的创作中；从扎西达娃、残雪等充满着迷狂色彩的地域描写，到"后现代"们的都市风景线的文化探索中;从"寻根文学"中韩少功、阿城、郑万隆、陈建功等充满着"异乡异国"的风土人情描写,到"最后的浪漫理想主义"者张承志、张炜的充满着宗教色彩的地域风俗描写中;从"新写实"方方、池莉、刘恒、刘震云的对原生状态的地域文化风俗描写,到"现实主义冲击波"里的刘醒龙、王祥夫、何申等的充满着具象写实的新风俗画的描写中;从军中作家莫言、周大新、阎连科等,到沿海边地作家阿成、迟子建、尤凤伟、邵振国等作品中的丰厚地域色彩描写成分中,我们看到的是一个中国地域文化小说空前繁荣的景观。某种意义上来说,由于小说地域文化色彩的审美特征所形成的"异域情调"的审美餍足,使得影视文学在走向世界、走向西方的道路上取得了长足的进步。张艺谋们所追求的电影视觉效果基本上是源于中国地域文化色彩的美学效应,从"黄土地"走出的中国文化之所以受到西方人的青睐,其重要的因素就在于地域反差中所形成的人种、社会、文化、风俗、宗教的审美落差,倘使没有这个审美的落差,一切"异域情调"都被淡化消解了,也就谈不上什么美的惊异了。如果没有莫言的《红高粱》的小说母本,也就没有电影《红高粱》那种视觉冲击效果;如果没有刘恒小说《伏羲伏羲》那充满着地域文化特征的内涵作底蕴,也就不可能有《菊豆》式的风俗风情画面的强烈效果;如果没有苏童《妻妾成群》的地域风土人情描写,张艺谋何能在《大红灯笼高高挂》里找到一个新的电影美学的支点？虽然他将小说中江南场景移向了山西的乔家大院，但仍抹不去小说中那浓郁的地域特征、历史风貌和风俗色彩。可以说，电影美学家们的成功，往往是在攫取了小说家们的小说中最富表现力的一尾锦羽，即作家们美学表现中的最精华部分——地域色彩、文化底蕴、风俗画面、宗教人情，才为中国电影走向世界铺上了锦云如织的"红地毯"。

综观中国20世纪地域文化小说，我们似乎可以得出这样的结论：任何失却了地域文化色彩的小说，在一定程度上都相应地减弱了其自身的审美力量。地域文化色彩，不仅仅是一种形式技巧和主题内涵意义上的运用，它作为一种文体，一种文本内容，几乎就是小说内在特征的外显形式，是每一个民族文化和文学表现力与张力的有效度量。就此而言，地域、文化、小说所构成的链式内在逻辑联系是甚为重要的。

地域，从广义上来说，它是中华民族（种族）与幅员辽阔的中国（地理）——人与自然所构成的疆域居群关系。而从狭义上来说，它是在这辽阔的疆域居群内更小的种族群落单位与地理疆域单位的人与自然的亲和关系，也就是中国各民族及其栖居地之间的风土人情、风俗习惯等审美反差所形成的地域性特点。作为文学，尤其是小说描写的聚焦，它是否能够成为作家主体的一种自觉，是衡量地域文化小说的首要条件。但倘若它不能进入作家的自觉意识层面，而只是在作家主体的无意识层面展开，也还是能够进地域文化小说的风景线之中的。我以为，最好的地域文化小说可能是那种从无意识走向有意识，再进入信马由缰的无意识层面的小说家的超越境界。正如从"见山是山，见水是水"到"见山不是山，见水不是水"，再到"见山还是山，见水还是水"的审美超越过程一样，进入最高境界的地域文化小说的审美表现应成为一种高度和谐的自然流露。

文化，它是地域文化小说丰富内涵的矿藏。它充分显示出人与文化的亲和关系。从某种意义上来说，一部地域文化小说，如果在地方色彩的表现过程中不能揭示丰富的文化内涵，它便失去了作品的文学意义，只不过是一种"风物志""地方志"似的介绍。因此，作为地域文化小说，不可或缺的正是对色彩斑斓的多种文化内涵的揭示，无论你是主观还是客观，这种包括政治、经济、社会、民族、心理等各个层面的广义文化内涵的描写，一定要成为地域文化小说形中之"神"，诗中之"韵"，物中之"魂"。否则，地域文化即失去了文学之根本。

地域文化小说，它应是包容多种艺术形式的地域文化特征的小说。就 20 世纪地域文化小说来说，首先，它是以现实主义创作方法和技巧为主体内容的，这不仅是现实主义的创作方法和技巧从形式上来说更适合于跨时空、地域、民族、居群的阅读和审美接受；同时，它也更适合于接纳现实主义那种博大精深的文化批判内涵。其次，作为现代主义创作方法和技巧的实验基地，有些地域文化小说对现代主义创作方法和技巧的借鉴，大大丰富了地域文化小说的表现力。诸如残雪的《黄泥街》以及马原、洪峰、扎西达娃的一些作品，对推进地域文化小说的艺术发展有着历史性的进步意义；正是因为前两种艺术形式的冲撞，在80、90年代，才可能产生出第三种小说艺术形式和方法技巧。那么，现实主义和现代主义创作方法和技巧的融合，促进地域文化小说胎生了另一种"杂交"作品：80年代受拉美小说巨匠马尔克斯"魔幻现实主义"的影响，韩少功以《爸爸爸》完成了地域文化小说从"现实"和"现代"两个躯壳中蜕变的过程，以另一种新的形式技巧来完成一个文化批判的母题。而《马桥词典》也以独特的地域文化特色，也可以说是将地域特征进行艺术的显微和放大，完成了艺术形式上的另一次蜕变，即使它的蜕变过程有着明显的模仿痕迹，但也无论如何有着形式拓展的历史进步意义。

仍然是那位著名的美国小说家和批评家加兰在上个世纪之交（按：19世纪、20世纪之交）就预言了美国文学的20世纪未来——"日益尖锐起来的城市生活和乡村生活的对比，不久就要在乡土（地域）小说反映出来了——这部小说将在地方色彩的基础上，反映出那些悲剧和喜剧，我们的整个国家是它的背景，在国内这些不健全的、但是引起文学极大兴趣的城市，如雨后春笋般地成长起来。"加兰所描述的100年前美国社会景象，在很大程度上与中国现今的社会文化景观十分相似。他所预言的地域文化小说要从以乡土小说为中心的基点转向城市这个物质的怪物身上的结论,不仅成为 20 世纪美国文学的现实,同时也成为西方 20 世纪文学的历史;更重要的是,它还将成为中国 21 世纪文学的未来。那种凝固的文化形态已被骚动的反文化因子所破坏,由此在地域文化中所形成的亘古不变的稳态文化结构——人种、居群、风俗、宗教等人文因素——将面临着崩溃、裂变的过程;都市的风景线所构成的新的地域文化风景线,都是地域文化小说所面临的新课题。怎样去描摹和抒写新世纪的地域文化小说的新景观,这是每一个作家和批评家为 21 世纪所承担的历史重负。

(原载《学术月刊》1997 年第 9 期)

中国大陆与台湾乡土小说比较论纲

中国大陆与台湾乡土小说的分歧及其创作概貌

就 20 世纪中国乡土小说的总体格局来看,大陆和台湾在分期上几乎没有大的分歧,1949 年既是一个政治概念的划分,同时又是一个文学在两岸发生突变的时期,文学作为一种工具抑或政治的简单传声筒,同时作用于两岸的文学创作。直到七八十年代,两岸的文学才逐渐开始面临着根本的转型。因此,我们在总体把握上,将它分为三个时期,即五四至 1949,1949 至七八十年代,七八十年代至 20 世纪末。但为了行文的方便,我们还是将它们切割成五个阶段。

无论是胡适的"八不主义"文学主张,还是陈独秀高扬的"文学革命"的大旗,抑或是周作人倡导的"人的文学",无疑都打上了西方资产阶级人文主义的烙印和色彩。换言之,五四文化先驱们的思想移植是针对中国几千年强大的封建统治无可更易的文化现状的,反封建是当时新兴知识阶级不可回避的迫切文化命题。因此，作为新文学最初的实践者，也是中国乡土小说的开拓者的鲁迅，在其一开始进行白话小说创作时，就将小说主题定位在批判国民劣根性和弘扬人道主义的阈限中。生活在王权意识中的国人魂灵的麻木，异化病态的扭曲性格，以及水深火热的生存苦难，都使得鲁迅在一提起那支犀利的笔时就充满了"哀其不幸，怒其不争"的复杂情感。于是，强烈的启蒙和拯救意识便成为五四及五四以后中国大陆乡土小说的一贯性主题，它不仅缔造和滋养了五四以降的大陆"为人生"的乡土小说流派，使之一直延续至今，而且"鲁迅风"作为一个"被仿模式"，它也深深地影响着五四以后台湾乡土小说发端的走向。可以断言，作为五四文学，尤其是中国乡土小说创作的主流话语，批判现实主义一直是站在创作潮头上的。

作为大陆文化的一个支脉，五四时期前的台湾本土文化尚浸润于农耕文明之中。一方面是一成不变的中国古典文学对台湾上层贵族文化的主流性制约；另一方面是来自本土文化的民间文学的世俗性影响，这两种文学的流向沉浸在亘古不变的农业文化氛围之中相安无事，互斥而又互补地缓缓前行。当五四新文化的春雷惊醒了台湾的知识分子之时，张我军们所能进行的文学工作也就是传播、介绍中国大陆文化思潮和文学的走向，至多也只能对大陆的文学进行一些摹仿和移植。从这个意义上来说，与大陆文化血脉相连的台湾文学就是中国文学的一支,亦如台湾作家叶石涛早期在出版的《〈台湾文学史纲〉序》所言:"从遥远的年代开始,台湾由于地缘的关系,在文学和社会形态上,承续的主要是来自中原汉民族的传统。明末,沈光文来到台湾开始播种旧文学,历经两百多年的培育,到了清末,台湾的旧文学才真正开花结果,作品的水准达到跟大陆旧文学并驾齐驱的程度。"也就是说,到了五四时期,作为和中原文化,乃至大陆占统治地位的主流文学刚刚磨合得比较和谐的台湾文学,就被五四新文化的强劲"西风"以摧枯拉朽之势扫荡得七零八落。当然,我们也不可否认这样一个铁的事实,就是日本文化对台湾本土文化的隐形的影响:"长达半个世纪的日本文化的强制推行和潜移默化的影响,也使台湾本土文化带有某种程度的日本色彩,从而也在一定程度上影响了台湾文学的本土形态。这也是历史发展无庸回避的客观事实。"[1] 这就是台湾文学因着历史和地域的缘由,所形成的与大陆文学不同的文学题材、风格,乃至于文体的根本内在原因。然而,根深蒂固的汉文化的遗传基因是使台湾文学有着不可改变其中华色彩的更深的血统原因。因此,五四文化新基因的植入也就是顺理成章的事了。可以说,台湾的新文学是以台湾的现代小说为主体内容而成为发端的,而台湾的现代小说又是以乡土小说

---

[1] 刘登翰等主编:《台湾文学史》(上卷),福州,海峡文艺出版社,1993年,第19页。

为主体内容进入先锋状态的。同样，台湾的乡土小说亦是沿着五四新文化火炬照亮的文化批判道路，跟在先驱者鲁迅的身后，一步一个脚印踩过来的。台湾的现代小说之父赖和之所以被称为"台湾的鲁迅"，其道理就在于此。

作为五四风云席卷下的大陆和台湾乡土小说，它们所呈现出的反封建主题是一致的，所不同的是台湾的乡土小说多了一层本能的反日本殖民统治的色彩。这种主题内容的台湾乡土小说一直延伸到台湾光复以后，这不能不说是台湾乡土小说的一种潜在延绵的主要内涵。但是，从两岸的创作群体和创作实绩来看，民族精神所构成的共同创作母题——苦难的现实和现实的苦难——促成了两岸现实主义创作精神的不断高涨。

而从乡土文学的艺术角度来看，台湾乡土小说一开始就呈现出了它鲜明的地方色彩和风俗画特征，无论是从乡土文体本身来说，还是从文学语言的特质来说，地域文化的限制反而强化了乡土小说的艺术张力，然而，我们也不能不清醒地看到审美张力之下所形成的地域文化的局限性。值得注意的是，由乡土文体与语言所引发的台湾乡土文学的第一次论争，虽然不会得出圆满的结论来，但是，论争本身就标志着台湾乡土小说的日趋成熟。

从 20 世纪 30 年代后期到 40 年代是中华民族陷入多灾多难岁月的年代，两岸乡土小说的共同母题是以抗日为先导的。抗日的母题不仅成为共通话语，而且也使人们从中看到了众多作品中崛起的一个个民族的脊梁。抗日，这在台湾民众来说是一个永远的民族情结，同时也是台湾乡土小说的永远主题。因此，在这一时期的特殊文化背景之下所产生的两岸乡土小说，无疑是在悲壮绚丽的风俗、风景、风情画面上涂抹的血色历史。就此而言，大陆和台湾两地所产生的不同地域的抗日作家群的乡土创作就有了更有现实意义更有民族情感的文化内涵。当然，这一时期大陆和台湾的一些独具乡土风情的恋歌亦得到了长足的发展，如沈从文与"京派小说"，以及钟理和的悲情小说等。在救亡、启蒙和唯美的文学选择上，因着作家不同的经历与审美经验的差异，而显出迥异的个人风格。

整个20世纪50年代的两岸乡土小说是进入了一个主流话语与民间话语既互斥又互融的年代。从表层结构来看，大陆乡土小说已开始从充满着现代性的五四文化话语告别和剥离，乡土小说创作几近成为简单的政治传声筒，而台湾乡土小说创作却在与主流话语的不断疏离中突现出民间意识。然而，从深层的文化心理来看，大陆乡土小说的异端话语和台湾乡土小说的皈依主流的情结也都或多或少、或隐或现地反映在作家作品当中。这种有意识的剥离是非常艰难的，而同样受制于主流话语，台湾的乡土小说在以林海音、钟理和、钟肇政等为代表的创作实迹中，较好地完成了文学回归民间的审美之路，取得了令人瞩目的成就。

20世纪60年代的两岸乡土小说是在现实主义和现代主义

的怪圈中盘桓的年代。大陆的乡土小说在极左政治意识形态的笼罩下，导致了伪现实主义的空前泛滥，严重的概念化、脸谱化倾向致使乡土小说创作迅速颓败，其间虽有"中间人物论"的抗争，但丝毫经不起主流话语的打压，瞬间即灰飞烟灭。而台湾乡土小说却与大陆截然相反，各种复杂的社会和政治原因，导致了台湾现代主义小说创作的崛起，拉开了传统与现代之争的序幕。虽然此时台湾的乡土文学的概念与大陆的乡土文学的概念发生了质的歧义，但其实像白先勇这样用现代主义手法来表现"乡土"的作家，从本质上来说却是个道道地地的乡土意识作家。从另一方面来看，以李乔等为代表的现实主义乡土小说创作的日盛，又有力地证明了台湾乡土小说进入多元化"黄金通道"的事实。两者表面上的互相排斥却掩盖不了殊路同归的乡土小说的繁盛。这一时期台湾乡土小说在艺术手法、语言技巧、文体形式等方面的探索，和大陆的乡土小说创作形成了鲜明的对照。

二十世纪七八十年代是两岸乡土小说群雄崛起的时代。70年代的大陆乡土小说虽然还沉溺于"三突出"和"高大全"的沉疴积弊之中，但随着政治文化背景的改变，80年代初，大陆的乡土小说创作进入了一个鼎盛时期，从政治的包围圈中突围出来后，各个地域文化乡土小说的崛起，"鲁迅风"的回归，风俗画、风景画、风情画的突现，现代主义技术的全方位引进和吸纳，凡此种种，足以证明大陆的乡土小说进入了一个空前的繁荣期。从"伤痕"到"改革"再到"反思";从"寻根"到"新潮"再到"新写实",80年代中国大陆乡土小说创作的成就是世界瞩目的。70年代是台湾社会由传统的农业社会向现代工商社会转型的时期,一方面是社会矛盾的激化和民族主义的高涨,使得乡土现实派作家更具备了社会批判的眼光;另一方面是现代文化的寄植所带来的创作观念、内容、语言、技巧等方面的革新,显然也打开了台湾乡土小说多元共生的创作格局。

从这五个时间段来看,大陆与台湾的乡土小说的发展虽然不是同步的,但是,就其文化内蕴、民族情感、审美经验、生存观念等诸种因素来看,其相同之处却是不言而喻的。

乡土小说的内涵分析

作为20世纪新文学的两大主题之一,乡土文学从一开始就具有鲜明特色的内涵。

首先,作为与城市相对立而存在的中国广袤的乡村原野,成为它描写的对象,因此,新文学运动以来的中国乡土小说一开始就从题材上阈定了它必然是以地域乡土为临界线的。显然,人们也是以此来确定和识别乡土小说的,这已经成为一种约定俗成的区分概念,沿用此概念是从事乡土文学研究者的一贯视角,尤其是大陆学者更是以此来严格区分乡土文学的。问题就在70年代台湾所发生的第二次"乡土文学论战"中,由于与现代主义文学的混战，乡土小说已无暇再顾及地域题材的范畴阈限了，何况台湾岛本来就有限的地域乡土社区亦在逐渐被资本主义工业经济的扩张所蚕食。于是，乡土文学派的作家和理论家们就只能在不断扩大其内涵和外延的基础上，将其上升到文化精神的高度来进行区分。因而，在此时空之下的乡土小说的概念已不分乡土与城市的地域题材了，它只是一种精神乡土或乡土精神而已，是俨然与"现代"相对立的"传统"文化内涵而已。这种乡土文学概念的演变显然带来了乡土小说的分化，一种是沿袭固有概念的狭义地域题材范畴的乡土小说，另一种却是摒弃题材而只强调小说内容观念传统与否的广义乡土小说，亦即"本土小说"。

随着中国大陆 20 世纪 80 年代经济体制的改革以及 90 年代逐渐走向全球经济一体化的社会转型，大陆的学者也将这个工商经济时代无可回避的命题，即"传统"与"现代"之间抗衡的精神对立灌输到文学创作中去了。1990 年木弓先生首先提出了"乡土意识"[1] 这一概念，这与上述台湾的那种乡土精神乃是一致的。

中国在进入 20 世纪的最后 20 年时，本土文化明显地受到了全球化文化的影响和猛烈冲击，传统文化与现代文化的严重对峙，使乡土小说创作的观念主体发生了质的变化。然而，无

---

1 木弓:《"乡土意识"与小说创作》,《文论月刊》1990 年第 10 期。

论作者是站在何种立场上来书写乡土小说，都应该遵循地域题材这一乡土小说的特定内涵的阈定，否则乡土小说将与一切小说创作失去临界线。由此来看台湾70年代的那场"乡土文学论战"，我们只能说它是发生在那个岛屿上的带有特定时空意义的乡土小说发展史上的一个"文学事件"。而在整个20世纪乡土小说发展历史的环链上，如果我们打破这一临界线，那我们就无法面对这一文学门类的历史。尤其是在大陆，在漫长的历史时段中，在广袤的地域乡土空间中，乡土小说以它鲜明的地域文化特征卓然独立于文学史，而且还将不断地延展下去。因此，我们还不能取消乡土小说的地域题材的概念内涵。

乡土小说的地域文化色彩应是它构成的重要内涵，而它除了语言运用的因素外，更重要的是"风土人情"的描摹。"风土人情"的构成无非是"风俗画""风情画""风景画"的合成而已。且不说作为世界性母题的乡土小说在国外是如何注重风土人情的描写，单就中国而言，无论是早期周作人对"风土"与"个性的土之力"[1]的倡导，还是鲁迅对乡土小说"异域情调"[2]的强调，都毫不犹豫地将风土人情放在重要位置。即便是茅盾在反复强调世界观对乡土小说的至关重要的作用时，也不能否认"风土人情"的"异域图画"给人以美学上的"好奇

1　周作人：《地方与文艺》，《之江日报》（十周年纪念号）1923年3月22日。
2　鲁迅：《〈中国新闻学大系·小说二集〉导言》，见《鲁迅全集》（第6卷），北京，人民文学出版社，1981年，第255页。

心的满足"[1]。因此，我们可以说，乡土小说的"风土人情"描写已不再是外部的形式技巧，而是深入骨髓的不可或缺的具有本质意义的内容。倘使乡土小说缺少了具有地域文化色彩的"风土人情"的描写，也就从本质上取消了乡土小说作为地域文化的审美差异性。

那么，就"风土人情"的三个重要组成因素而言，20世纪中优秀的乡土小说都将风俗画、风情画、风景画置于创作的首要位置。从鲁迅先生开创的白话文小说开始，乡土小说对于这"三画"的描写就奠定了坚实的基础，作为乡土小说的一种传统和风格样式，它不仅过去是乡土写作的要旨，而且也是现在和将来乡土小说不可或缺的书写标记。然而，须指出的是，大陆和台湾的乡土小说都有过"三画"失落的时期。40年代大陆的"解放区文学"在过分强调作品的思想内容时，忽略了"三画"中的风情画和风景画的描摹，尤其是取消了风景画的描写，导致以赵树理为代表的"山药蛋派"乡土小说陷入了"故事"的叙写，成为艺术上的缺失。而彼时以孙犁为代表的"荷花淀派"却突出了"三画"描写的力度，因而他们的作品在文学史的长河中就保有较强的生命力。而大陆的50至70年代乡土小说却没有按照"三画"的要旨向前推进，而是过多地注重其所谓作家的世界观的植入，导致了乡土小说的艺术质量

---

[1] 茅盾：《关于乡土文学》，《文学》1936年第2期。

的严重滑坡。就台湾的乡土小说而言，从五四以后，一直到60年代，其"三画"的特征是异常鲜明的。然而，通过第二次"乡土文学论战"后的乡土小说的分化，随着现代都市与心灵题材的介入，台湾的乡土小说在很大程度上偏离了"三画"的要旨，蜕变为具有"现代"或"后现代"意味的小说，从而也就取消了乡土小说的本质特征。无疑，这种创作倾向也传染和蔓延于90年代的大陆乡土小说。这与其说是乡土小说的艺术创新，倒不如说是从根本上扼杀了乡土小说。

都市是千篇一律的，是几乎很难找出其差异性的，而就乡土小说而言，它的地域文化色彩却是其构成风格的最重要的因素。

关于乡土小说的地域文化色彩及其审美因素，我在《中国20世纪中国地域文化小说简论》中有较为详细的剖解，此处不再赘述。纵观20世纪大陆与台湾乡土小说，我们从中可以缘着地域文化的审美特征，找到中国民族化特征的共同"结穴"，这种寻觅，对于两岸文化之根的整合，是有着十分重要的历史意义和现实意义的。

（原载《福建论坛》2000年第5期）

"城市异乡者"的梦想与现实
——关于文明冲突中乡土描写的转型

西方世界在城市与乡村的融合中,已经不再是原始积累时期的那种带着血腥味的掠夺:"城市与乡村曾经代表两种不同的生活方式,……这两种方式正合而为一,正像所有的阶级都在进入中产阶级一样。给人更真实的总印象是:国家正在变为城市,这不只是在城市正向外扩展这个意义上说的,而且是在生活方式正变得千篇一律的城市化这更深层的社会意义上说的。大都市是这一时尚的先锋。"[1] 这是西方从现代工业文明向后现代后工业文明过渡时期的城市与乡村图景,它无疑是与中国目前的社会结构有着本质的区别,因为在中国的地理版图和精神版图上,还远没有逾越前现代的农耕文明向工业文明过渡的历史阶段,尽管我们沿海的小部分地区同时进入了后工业

---

[1] 劳伦斯·哈沃斯(Lawerce Haworth)语,参见[美]艾尔伯特·鲍尔格曼:《跨越后现代的分界线》,北京,商务印书馆,2003年,第154页。

文明的文化语境中了，但是，广袤的地理和精神层面都处在一个前现代向现代转换的历史时段之中。而中国从乡村流入城市的大量人口正是历史阶段中不可忽视的乡土存在，描写他们的生活与精神的变化，才是乡土小说最富有表现力的描写领域。

"农民工"是一个广义的称谓概念，它囊括了一切进城"打工"的农民，"农民工"的定义似乎还不能概括那些走出黄土地的人们在城市空间工作的全部内涵，因为游荡在城市里的非城市户籍的农民身份者，还远不止那些从事"打工"这一职业的农民，他们中间还有从事其他非劳力职业的人，如小商小贩、中介销售商、自由职业者、代课教师、理发师、按摩师等许多不属于狭义"农民工"范畴，他们比那些真正的"打工仔"更有可能成为城里人。当然，在阶级身份层面的认同上他们仍旧是属于广义的"农民工"范畴的。因此，无论从身份认同上来确定这些"城市游牧者"阶层，还是从精神层面上来考察这些漂泊者的灵魂符码，我以为用"城市异乡者"这个书面名词更加合适一些。

"城市异乡者"的生活之所以越来越受到许多作家的关注，就是因为人们不能不接受这样一个事实：大量的"农民工"进入了城市，也就自然而然地进入了城市社会生活的各个领域，究竟是城市改变了他们，还是他们改变了城市？这是一个很复杂的两难命题。他们改变了城市的容颜，城市的风花雪月也同时改变了他们的肉体容颜，更改变着他们的心理容颜；农耕文明的陋习使得城市文明对他们鄙夷不屑，而城市文明的狰狞可怖又衬托出了农耕文明的善良质朴。一方面是为了生存，他们出卖劳力、出卖肉体，甚至出卖灵魂，但是，城市给予他们的却是剩余价值中最微不足道的极小部分，然而，比起在土里刨食、刀耕火种的农耕社会生活来，他们又得到了最大的心灵慰藉；另一方面他们在城市中是个完全边缘化的"虫豸"，是一个失去灵魂的"行尸走肉"，是被城市妖魔化了的"精神流浪者"，但是，一旦他们返归乡土，就又会变成一个趾高气昂"Q 爷"，一个有血有肉的"灵魂统治者"，一个乡村的"精神富足者"……所有这些，构成了一个光怪陆离、充满着悖反的现实生活图景与精神心理光谱。

毫无疑问，对"城市异乡者"的描写，随着日益澎湃的"农民工潮"和农民职业向工业技术的转换而迅速猛涨，对这一庞大群体的现实生活描写和灵魂历程的寻觅，就成为近几年来许多乡土作家关注的焦点。而就作家们的价值观念来说，其中普遍的规律就是：凡是触及这一题材，作家就会用自上而下的同情与怜悯、悲愤与控诉、人性与道德的情感标尺来掌控他们笔下的人物和事件，流露出一个作家必须坚守的良知和批判态度。这是五四积淀下来的"乡土经验"，从这一角度来看，我以为，自 20 世纪 80 年代后期以来渐行渐远的、带有批判精神的现实主义开始在这一描写领域复苏。在这里，作家们的思考不再是那些空灵的技巧问题，不再是那些工具层面的形式问题，因为生存的现实和悲剧的命运已经上升为创作的第一需要了。即使像残雪那样带有荒诞意味描写的作家，一俟接触到民工这一题材的时候（《民工团》，《当代作家评论》2004年第3期），也不得不在严酷的生活面前换上了现实主义的面孔，改变了以往那种艰涩的形式主义的叙述外壳，用更平实的叙述方式来介入现实生活，即便还是改变不了她那种絮絮叨叨式的精神病者梦呓的琐屑，但也毕竟清晰地描写和抒发出了城市给农民带来肉体痛苦和心灵异化。在再现与表现之间，在悲剧审美与喜剧审美之间，绝大多数作家站在了批判现实主义的立场上，用饱蘸情感的笔墨去抒写人性和人道的悲歌。其实，仅仅如此还是不够的，新的文化背景需要我们不但对人性和人道作出回答，而且对时代和历史的发展作出评断，在某种程度上，它是需要克服人性的偏颇，客观地去描写戴着假丑恶面具的发展性事物的，因为那是历史的必然！

专门关注乡土的女作家孙惠芬一旦把目光投入到现实的乡土社会生活当中去，就痛切地体味到乡土现实世界的悲剧性命运："与那些被外出民工的男人们撇在乡下空守着土地、老人、孩子和日子的女人们相遇的时候，曾不止一次地想，她们的男人如今与她们、土地、日子，到底是一种什么样的关系呢，他们常年在外，他们与城市难道真的打成了一片？而女人与土地、日子、丈夫又是一种什么样的关系呢？"于是，在"2001年夏天的一个正午，当我在我家东边的台阶上看到一老一少两个民工扛着行李泪流满面地往车站走,一对回家奔丧的父与子的形象便清晰地出现在我的面前。他们不一定是父与子,更不一定是回家奔丧,可是不知是为什么当时在我眼里就是这样。他们一旦出现在我的眼前,我便再也顾不上企图超越自己的妄想了,我一下子被他们牵进去,一下子走进了父与子的内心,看到父与子的尊严和命运,我一旦走进了父与子的内心,看到他们的尊严和命运,便不设防地走进了一条暂时的告别工地、告别城市、返回乡村、返回土地、返回家园的道路,在这条大路上展示他们与这一切的关系便成了我在劫难逃的选择"[1]。本着这样的初衷,孙惠芬创作了《民工》(《当代》2002年第1期)。作品描写了鞠广大、鞠福生父子二人回乡奔丧的故事。无疑,小说的视点是在空间和时间的不断转换中,来完成人物的塑造的,空间是城市(实际上就是建筑工地)与乡村(歇马山庄)交替呈现的;时间是过去与现在叠印在一起的。就空间感来说,作品给人的感觉还是沉浸在浓郁的乡土文化氛围和语境之中的。这不仅是选材的使然,多多少少还带有作者不灭的"歇马山庄"的乡土情结,因为作家的价值立场是与乡土和农民呈平行视角的:"歇马山庄,你离开了,却与它有着牵挂与联系,而工地,只要你离开,那里的一切就不再与你有什么联系。鞠广大已做了十八年的民工,他常年在外,他不到年根儿

---

[1] 孙惠芬:《心灵的道路无限长》,《小说选刊》2002年第4期。

绝不离开工地,他为什么要离开工地,夏天里就回家呢?"那无疑是那个叫着"家乡"的地方遭遇到了天灾人祸。我们可以清晰地看到,在农耕文明和工业文明的比对之中,作家的价值取向虽然是呈悖论状态,但是,对被工业文明和商业文明所抛弃的农耕文明的深刻眷恋,似乎成为作家别无选择的选择,对被工业文明和商业文明欺压的农民抱着深深的同情和怜悯,几乎成为作家写作情感的宣泄。当鞠家父子离开喧嚣的城市工地,踏上火车看到窗外农田景色时,他们的心境就会好起来:"田野的感觉简直好极了,庄稼生长的气息灌在风里,香香的,浓浓的,软软的,每走一步,都有被搂抱的感觉。鞠广大和鞠福生走在沟谷边的小道上,十分的陶醉,庄稼的叶子不时地碰撞着他们的脸庞。乡村的亲切往往就由田野拉开帷幕,即使是冬天,地里没有庄稼和蚊虫,那庄稼的枯秸,冻结在地垄上黑黑的洞穴,也会不时地晃进你的眼睛,向你报告着冬闲的消息。走在一处被苞米叶重围的窄窄的小道上,父与子几乎忘记了发生在他们生活中的不幸,迷失了他们回家的初衷,他们想,他们走在这里为哪样,他们难道是在外的人衣锦还乡?"不错,城市是他者的,民工只是钢筋水泥森林里的一个"闯入者"、一个"城市的异乡客"、一个"陌生的侨寓者"、一个寄人篱下的栖居者,他们既是魂归乡里的游子,又是都市里的落魄者。但是,毕竟鞠广大们也有梦想:"他走进了一个幻觉的世界,眼前的世界在一片繁忙中变成了一个建筑工地,在这个工地上,他鞠广大再也不是民工,而是管着民工的工长,是欧亮,是管着欧亮的工头,是管着工头的甲方老板。"鞠广大们会成为工头,从而变成城里人吗?毫无疑问,这一梦想是每一个走进城市的淘金者最终追求的人生目标。但是,这条道路绝不是铺满鲜花的康庄大道,而是一条沾满了污秽和血的崎岖小路。这篇小说是具有代表性的作品,反映出许多作家清晰的人道主义和人性的文化批判立场,无疑是值得赞扬的。但是,从价值理念来看,许多作家过分迷恋田园牧歌式的农耕文明秩序,过多地揭露城市文明的丑恶,多多少少就削弱了作品更有可能进入深层历史内涵的可能性。

夏天敏的《接吻长安街》(《山花》2005年第1期)几乎是用严酷的现实主义的笔调去抒写一个农民工的浪漫主义的理想——那个男主人公"我"是一个一心想做城里人的民工,他有于连式的野心,但是却没有于连那样的运气;而女主人公却是一个带着强烈传统伦理道德的民工,因此,在长安街接吻便成为两种文明矛盾冲突的焦点,一个本不成问题的问题,不是事件的事件,却成为一个重大悲剧,这就是文明转型中农民必须付出的代价。而作者为什么能够把这个平淡寡味的故事铺衍成为一个跌宕起伏的中篇呢?其中大量的心理描写就直接表现了主题:"我向往城市,渴慕城市,热爱城市,不要说北京是世界有数的大都市,就是我所在的云南富源这个小县城我也非常热爱……当我从报刊杂志上读到一些厌倦城市、厌倦城里的高楼大厦、厌倦水泥造就的建筑,想返璞归真,到农村去寻找牧歌似生活的文章时,我在心里就恨得牙痒痒的,真想有机会当面吐他一脸的唾沫。"是的,那些后现代文化心态对于仍然生活在农耕文明水深火热之中的农民来说确实是奢侈一些了,他们只能发出"我厌倦这诗意的生活"的强音!因为,解脱贫困才是他们的最大生存渴望,你不可能让一个还没有尝到过现代资本主义工业文明的农耕者去享受后现代的精神面包,所以,对一切城市文明的渴求成为农民工阶层的理想:"我害怕被绑在家乡的小山村里,怕日出而作,日落而眠的生活,一想到头伏在地上,屁股撅到天上在土里刨食的日子,一想到要和泥脱土坯砌房把骨头累折把腰累断的日子,一想到一辈子就喂猪种地养娃娃,年纪不大,就头发灰白腰杆佝偻脸上沟壑纵横愁容满面的日子,我心里就害怕万分,痛苦万分。"融入这个城市便成为民工们的最高追求目标,他们不但要取得这个城市的肉体身份的确认,更重要的是还要取得这个城市的精神身份证,做一个从里到外、彻头彻尾的城里人。因此,"我"才别出心裁地用到长安街接吻来证明自我在这个城市的存在!"我"的这个想法是蓄谋已久的,但是其目的性是非常清晰的:"想到长安街接吻这个念头于我太强烈了,我知道这个想法不是空穴来风,多少年的城市情结使我想以城市的方式来生活。"毋庸置疑,"生活方式"对于农民工来说是非常重要的,因为它才是检验城市人还是农村人的试金石,"生活方式"可以改变人，同时也能改变他者对你的身份认同，要使民工不再受城市人的歧视，"我"才从那些城市女人的白眼和咒骂中读懂了这生活的真谛，才想出了到长安街去接吻的妙招。这是一个农民工发自肺腑的心声，也是"我"向城市宣战的大胆行动计划。否则"一个从农村来的人有什么必要跑到长安街去接吻？接了吻又有什么意义？接了吻又说明了什么？这是荒诞而无聊的想法，但这个想法却成了我最大的心病"。对于这样一个在乡下人看来是荒诞的想法，如果实施的对象是一个城市姑娘的话，那么它只能是一个喜剧的结局，然而，"我"所面对的却是一个在农耕文明中长大，而在城市文明里又精神发育不全的村姑，那注定会是个悲剧。由于柳翠的拒绝，致使这个进军城市的计划一度落空，导致"我"成为残废。其实"在工棚里接吻和在广场上在大街上没有本质的不同。但我就是渴望着在长安街上接吻。在长安街接吻对于我意义非常重大，它对我精神上的提升起着直接的作用。城里的人能在大街上接吻我为什么不能，它是一种精神上的挑战，它能在心理上缩短我和城市的距离，尽管接吻之后并不能改变什么，我依然是漂泊在城市的打工仔，仍然是居无定所，拿着很少的工钱，过着困顿而又沉重的生活，但我认定至少在精神上我与城市人是一致的了"。从这个意义上来说，作为一个打工仔，他们不仅仅需要物质上的富足，更重要的是他们还需要获得一个人的尊严，一个城市边缘人起码的精神权利！但是，悲剧的冲突和剥夺这个权利的动能不是城市的制约，而恰恰是来自农耕文明的伦理道德的压力，来自柳翠冥顽不化的封建固执："来自她的封闭、缺乏自信和不把自己当个人的想法，她把自己和城市的距离拉开，自觉地按乡村的做法一切自己约束自己。她极大地伤害了我，她在我走向城市的路途中猛的给我一闷棒，打得我趔趔趄趄几乎倒下。"这样的打击要比遭受城市的白眼和咒骂还要悲哀，它没有使"我"致命就算是幸运的了，当"我"从五楼的脚手架上摔下来成为残废的时候，才意识到"我的命运大概是永远做一个城市的边缘人，脱离了土地，失去了生存的根，而城市拒绝你，让你永远的漂泊着，像土里的泥鳅为土松土，为它增长肥力，但永远只能在土里，不能浮出土层"。虽然作品给了我们一个光明的尾巴，让柳翠配合"我"完成了在长安街接吻的壮举："我和柳翠在众目睽睽之下，在车流奔驰之侧，在期待盼望之中，热烈而又真挚的亲吻起来了。掌声热烈地响起来，掌声不光来自簇拥我们来的民工，还来自所有围观的人。我的心被巨大的幸福所陶醉，我的灵魂轻轻地升到高空，在高空俯视北京。呵，北京真美。"这个浪漫主义的理想终于实现了！但是，我还是兴奋不起来，因为我还不相信城市有这样的包容性，我还不相信像柳翠这样代表着千千万万农民工的农耕文明的伦理道德秩序就会在顷刻之间化为乌有，而一步踏进城市文明的门槛。因为民族的劣根性也还残存在这个群体之中。永远的乡土和瞬间的城市，可能是农民难以进入城市的最后一道精神屏障，驱除这样一种前现代农耕文明精神形态中的积弊应该是乡土小说作家价值理念中必有的理性因素。

残雪的《民工团》所描写的民工生活也是悲惨的故事，但是，作家的落点仍然是对农民工群体中的那种相互告密的人性弱点进行揭露，不过，残雪从此也开始介入现实生活的描写，给出了农民工承受肉体的煎熬生活场景：那个工头三点过五分就叫醒他们去扛二百多斤的水泥包，简直就是个现代"周扒皮"的形象再生；民工掉进石灰池就回家等死；掉下脚手架就当场毙命……就像灰子叔叔一再赌咒发誓不再到城里来打工，而来年又回到了这个群体当中那样，生存决定了这条道路是他们的唯一选择："我要养活老婆孩子，如果不外出赚钱，在家乡就只能常年过一种半饥不饱的生活。"更可悲的是他们还得承受人与人之间的倾轧。这一切是使他们成为"城市异乡者"异化的原因——他们想成为残废者！那样就不再受肉体和精神的煎熬了："我现在成了残废人了，你们来羡慕我吧。我一天要晕过去好多次。""我的话音刚一落，房里的四个人就都嚷嚷起来，说他们'巴不得成残废人'，'巴不得晕过去'，那样就可以躺下了，那是多么好的事啊。"不幸的事变成了幸福的事，这究竟是农民工的幸事呢，还是不幸呢？我们在泪中看见了笑呢，还是在笑中看见了泪呢?!作品给出的最后问号应该是：农民如果恪守土地、恪守农耕文明的精神秩序，会不会"异化"呢？

同样是描写农民工的"异化",荆永鸣却是一个专写农民工进城后所遭遇到文化尴尬的作家,他的系列作品所呈现的"尴尬中的坚守"正是作家对城市文化批判的折射,是对农民文化心理异化的深层揭示。他的《北京候鸟》(《人民文学》2003年第7期)更是体现了"进入都市中的外地人,总比城里人有着太多的阻隔,也有着太多的尴尬"。这是农耕文明与工业文明和商业文明之间产生的文化冲突:"我笔下的人物差不多都处在不同的尴尬里——一个保姆精心侍候一个瘫痪的男人,在终于'养活了'男人的一只手时,这只手却要去摸她的羞处(《保姆》)——是尴尬;卖烧饼的小伙子用刀子吓跑了撒野的城里人,事后自己的手却老是抽筋儿(《抽筋儿》)——是尴尬;一个餐馆里的伙计在警察'查证'时,被吓尿了裤子之后才意识到自己证件俱全(《有病》)——是尴尬;本篇中(《北京候鸟》)的来泰在城市的雨夜中找不到自己赖以栖身的居所,也是尴尬……如此说来,'尴尬'是不是已经不知不觉地成为我小说里的一种符号呢?"[1] 不要指望农民工为城市创造了财富和新的生活,就会赢得城市和城市人的青睐,严酷的市场经济准则不是以农耕文明的道德法则行事的,如果荆永鸣的系列小说还停留在对文化尴尬的无奈和怨恨之中的话,那么,更多的小说则是用血和泪来控诉城市文明给

---

[1] 荆永鸣:《在尴尬中坚守》,《小说选刊》2003年第9期。

这群候鸟带来的肉体与灵魂的双重痛苦。

乡土的富裕是要农民付出沉重的肉体代价的，何况即便付出了沉重的代价也未必就能够富裕起来。正如陈应松在《归来·人瑞》(《上海文学》2005年第1期)中描述的农民工工伤死后那样的情形："摆脱贫困，总是要一代人作出牺牲的"，"桃花峪有二十几个妮子长梅疮，就是梅毒，没了生育，可人家楼房都做起来了，富裕村哪，哪像咱们这儿！后山樟树坪穷，可去年死了八个，挖煤的，瓦斯爆炸，一下子竟把全村人均收入提高了一千多块，为啥，山西那边矿上赔的么……要奋斗就会有牺牲……"这种理念也正在渗透着一些过去沉湎于农耕文明而难以自拔的一些乡土小说作家当中，贾平凹也深刻地认识到："农村城市化是社会转型期的必然现象，牺牲有两辈人的利益也是必然的。农民永远是很辛苦的，是需要极大的关怀群体和阶层。"[1] 但是，如何处理好关怀与批判的关系，的确是每一个乡土小说作家值得深思的问题。

可以看出，对农民出走所付出的血的代价，已经成为作家们所关注的普遍问题，尤其是农村的女青年在进入城市后的命运成为乡土小说作家们关注的焦点，因为她们不仅是构筑故事的最佳方式，同时又是透视乡土与城市的最好视角。在吴玄的《发廊》(《花城》2002年第5期)中，我们看到了这样的一种

---

[1] 贾平凹：《贾平凹答复旦学子问》，《文学报》2005年3月31日。

叙述:"我走进发廊街,就像回到了故乡。这感觉其实有问题。我的故乡西地,事实上,比发廊街差远了,它离这儿很远,在大山里面,它现在的样子相当破败,仿佛挂在山上的一个废弃的鸟巢。我的乡亲姐妹们在那个破巢里养到十四、十五岁,便飞到城市里觅食,她们就像候鸟,一年回家一次,就是过年那几天。本来,西地和发廊毫无关系,就我所知,西地世世代代只出产农夫、农妇、木匠、篾匠、石匠、铁匠、油漆匠,教师匠也有的,甚至有巫师和阴阳先生,但没有听说过发廊和按摩,西地成为一个发廊专业村,是从晓秋开始的,历史总喜欢把神圣的使命交给一些最卑贱的人,几年前,那个一点也不起眼的小姑娘晓秋,不经意间就完全改写了西地的历史","发廊改变了我妹妹的命运,乃至全村所有女性的命运。通过发廊,女人可以赚钱,而且比男人赚得多,我妹妹一个月寄回家的钱,就比我父亲一年劳作赚的还多。后来,村里凡有女儿的,日子过得大多不错。从此,村人再也没有理由重男轻女,反而是不重生男重生女了。还有一个近乎笑话的真实故事,村里的一个妇女,突然伤心的痛哭,村人问她什么事这般伤心,那妇女伤心地说,她想起十五年前一生下来就被扔进尿桶淹死的女儿了,当时若不淹死,她现在也可以去发廊里当工人,替家里赚钱了"。是的,发廊生意不但改变了乡土的生存观念,而且改变了几千年来农耕文明依靠儿子传宗接代、延续农耕神话的生育观念。从这个意义上来说,从黄土地里走出去的一代青年妇女用她们的血肉之躯作代价，为中国乡土社会迈向工业化和城市化的原始积累做出了牺牲和贡献。如果从农耕文明的伦理道德来衡量她们的行为，无疑是不齿的。但是，从她们别无选择的人生选择来看，她们在无形中又对封建主义的伦理道德观念进行了毁灭性的颠覆，尽管它是以一种过激的、丑陋的方式呈现，但是，它的杀伤力却是巨大的。这是乡土的幸还是不幸呢？历史的进步往往是需要丑与恶作为杠杆的，任何一种文明在历史的进程中总是有其双重性的效应，这就是历史送给文明的礼物。所以，当农民工们在接受这份沉重的礼物时，应该保持什么样的价值理念呢？这正是乡土小说作家们需要正视的问题。

刘继明的《送你一束红花草》（《上海文学》2004年第12期）中美丽的姑娘樱桃就是用自己的色相为贫困的乡村之家建起了拔地而起的楼房，"这幢楼房算得上是全村最气派的房子了，村里在外面做事的人那么多，有几个像樱桃姐这样有本事寄钱回来，让家人住上楼房的呢？"可是，这贫困的乡村能够接纳她这个从都市里面走回来的游子吗？答案却是否定的。与其说她是死于假药的治疗，还不如说她是死于乡亲们的冷眼和闲言。她爱家乡的一草一木，尤其是那些随意开放的红花草，但是家乡爱她吗？她是在悲愤和郁郁中死去的。然而，樱桃姐最喜爱唱的那首著名的外国民歌《红河谷》的旋律却始终萦绕在乡间河畔，沁入人们干涸的心田。从这如诗的旋律中，我们不仅听到了樱桃姐们的哭泣，而且也看到了这样一个严峻的事实：当樱桃姐们走出这片黄土地时，她们还能魂归故里吗？其实她们走的是一条不归之路。"人们说你就要离开村庄，我们将怀念你的微笑……"人们怀念的是樱桃姐们的微笑呢，还是怀念她们为家乡所增添的物质财富？难怪樱桃姐每每唱到这首歌的时候都是满含热泪——那可是城市异乡者眷恋家乡而被抛弃的至痛至苦！这很能使人联想起那部曾在20世纪80年代初引起过巨大反响的日本影片《望乡》，在金钱与伦理道德的天平上，人们总是毫不犹豫地选择了前者；而在淳朴的乡情亲情与伦理道德的天平上，人们又总是毫不犹豫地选择了后者。人们就是在这样的悖论与怪圈中完成利益和意识形态选择的，谁又能去体验这一出卖肉体和色相群体的内心世界呢？当然，她们内心世界的痛苦也并不仅仅就是伦理道德带来的压力，更多的还是她们不再被那块曾经养育过的乡土所认同，她们成为随风飘荡的无根浮萍，肉体毁灭的悲剧只是表层的，她们最在意的是灵魂的家园被毁灭！作家所展现出的从农耕文明向城市文明转型时的那种精神的阵痛是值得人们深思的。

保姆题材是近些年来的热点，而项小米的《二的》（《人民文学》2005年第3期）却是翘楚之作，这不仅体现在轻盈的文体中所透露出来的作家的厚重人文关怀，而且也体现于作家在城乡二元视角中穿行时所表现出的那种严肃的价值批判立场，读后令人感动不已。从表层结构而言，我们完全可以将这个中篇当作一篇反抗压迫和人性觉醒的作品来看。但是，从那个不是主角的主角人物二的死魂灵中，我们看到的是保姆满目的心灵疮痍——对乡土性别歧视的反抗使她走进了城市，而城市的奸诈和隔膜又使她绝望。我们的主人公小白就是在这样的悖论循环中，从一个梦想成为一个城市的女主人而变成一个城市的流浪者的。小说描述小白的心灵历程是很清晰的：开始对主妇单自雪的歧视是"瞧不上就瞧不上，咱乡下人到城里就是来挣钱的，不指望你顺带还让你瞧上。咱出力，你给钱，就这么简单。但你不能侮辱咱，咱也是有人格的"。到后来"单自雪教会了她如何从一个村姑逐步成为一个都市人。小白进入城市生活的一切细节都是从这个家庭开始的，在这里得到改造，淬火，蜕皮"。再后来，"小白就渐渐看懂了城里人的表情"。但是，她很清楚她不是这个城市的主人："这栋二百平米的复式跃层，这个有着沙拉娜大理石地面，有着钢琴、电脑、等离子电视的城里人的家，远远比不上她和二的共同嬉戏的那个山洼。在山洼里，小白是主人，而在这里，她不是。"但是，她难道就不想做城市的主人，做这个家庭的主人吗？答案显然是否定的。当她和主人一家到三亚亚龙湾的凯莱大酒店旅游度假时，她的野心就是随着城乡和贫富的巨大落差而悄悄发生了变化："睡上一个晚上的觉，就够一个乡下孩子交五年的学费了。小白突然感觉，她从来没有像今天这样觉得命运对自己是如此的不公平！"这也可以看作是她和男主人聂凯旋那段因缘最初的思想萌芽吧。作者没有简单地处理一个乡下小保姆与城里大律师之间的爱情孽缘,而是又一遍重温了一个"城市姑娘"的"鸳蝴梦",抑或是"灰姑娘"的城市梦。我们不能把她和聂凯旋的做爱看成是《雷雨》里的保姆与主人始乱终弃的爱情伦理模式,而把作品的意向简单地引向反封建和阶级论的主题。因为小白不仅仅在这个偷情的过程中品尝着乡土社会生活中从来不会出现过的"城市爱情"的甜蜜,虽然男主人聂凯旋还有些虚伪;更重要的是,小白天真地认为,通过聂凯旋死亡的婚姻,她看到做一个城里人的希望了。"小白曾经无数次想象过她将会以何种方式抵达这个时刻,那一定是漫长和奇妙无比的。她尽自己少女的经验幻想过无数可能,唯独没有想象过她未曾经历任何风景就进入了最后的驿站。"无疑,那种初次的性快感使她忘乎所以,但更为重要的是:"自己的命运也许从此就改变了。""单自雪和聂凯旋的夫妻运明摆着到头了。……离婚后聂凯旋的再娶,不就是顺理成章的了吗?自己从此就可以永远逃离没有暖气、没有热水的噩梦般的老家,永远不必违心地去和什么狗剩或者国豆搭帮过日子,去为他们一个接一个地生儿,而是鲤鱼跃龙门一样,从此过上体面的城里人的生活。关键是,这样的一个结局,本来并不需要自己付出什么,不需要付出鲜血、生命、苦役,甚至,不需要付出尊严,便可以体体面面得到这一切。要知道,多少女孩子为了过上这种生活,只能去做二奶,为了几个钱像活在地洞里的耗子一样永无出头之日,可就这样的日子还被多少人羡慕哪!"但是,生活是无情的,当这个"城市姑娘"的美梦还没有做到一半时就被严酷的现实粉碎了。聂凯旋对单自雪一句轻慢的解释就足以把小白爱情和"入城"的理想击倒:"我认为她不过是在抒发自己对都市生活的种种感受,就像报纸上常说的那样,一种'都市症候群',不过如此而已。"也正如单自雪所言:"一个结过婚的男人的诺言,基本等同于谎言;相信男人的谎言最后受尽伤害,那不是男人的问题,是女人的问题。"对于一个游走在都市里的边缘人,尤其是一个来自乡下的女人,如果对生活和爱情的期望值太高,她的命运就会愈加悲惨。小白想走进那个爱情的"围城",再通过婚姻的"入城"仪式,走进这个城市的红地毯,可是,她与单自雪较量的失败,正是她永远不能理解的奥秘——即使没有单自雪的存在,聂凯旋也不会娶她,因为他和她在本质上不是一类人,在聂凯旋来说,那只是一场性游戏而已,可怜小白却没有意识到乡下的她与城里的他原本就不是生活在同一精神空间之中的,他们之间没有身份认同感,才是造成悲剧的真正原因。作者在小说结尾虽然给小白的人性抹上了最后一道光彩,但还是遮掩不住一个幽灵游荡在这都市的上空而无所皈依的悲剧命运。就像鬼子在《瓦城上空的麦田》里所描写的那个游走在都市里的幽灵似的无名身份人物那样,他(她)们已然是既被乡村抛弃,又遭城市排斥的一群没有命名的孤魂野鬼!乡村给了他们低贱的身份,又不能给他们富足的物质；城市给了他们低廉的财富，却又不能给他们证明身份的"绿卡"。可是谁又能够发给他们一张"灵魂通行证"呢！[1] 这部小说是以批判农耕文明的男权意识开始，转而又把批判的锋芒指向城市文明的冷酷，无疑是很有深度的。然而，作家过分地美化小白的心灵，似乎缺少了一点文化批判的自省，阻碍了作品向更深层面的挖掘。

如果说小白没能够通过婚姻实现自己的城市之梦的话，那么，邵丽的《明惠的圣诞》（《十月》2004 年第 6 期）中的明惠却是在成为一个城市主妇后遭到精神毁灭的典型人物。作品几乎是用略带淡淡惆怅的细腻笔调勾画出了一个"城市灰姑娘"似的人物。可是我们在主人公走向死亡的最后时刻，看到的是肉体上已经成为城里人，而精神与灵魂还不能被城市文明所包容的悲剧下场！明惠自从走出乡土以后，就抱着做一个城里人的理想而奋斗。为了挣更多的金钱，她终于更名"圆圆"做了妓女，但是，她挣钱的目的却不是单纯为了寄回乡下炫耀，而是实现自己在乡间的自我人生的价值，她的理想是远大的，充满着高傲，也充满着野心："圆圆想，我要比徐二翠更有出息，我要把我的孩子生在城里！我要他们做城里人，我圆圆要做城里人的妈！"好一个"城里人的妈！"这正是每一个乡

---

[1] 丁帆：《论近期小说中乡土与都市的精神蜕变》，《文学评论》2003 年第 3 期。

下少女进城以后的玫瑰之梦,当圆圆投入离了婚的副局长李羊群的怀抱中,整天过着奢侈悠闲、无所事事的生活,满以为自己就是一个地地道道的城里人时,一场圣诞节聚会让这个真实的明惠真切地体会到自己的边缘地位,她其实并不属于这个城市,并不属于这个文化圈中的人,而那些举止文雅的女人才是这个城市里的真正主人,这个城市客厅里并没有那个乡下少女明惠(抑或城市别名为"圆圆"的妓女)的座位!这就使我想起了莫泊桑笔下的《羊脂球》,那个遭受贵族世界冷眼的妓女。同时,更使我想起了恩格斯给《城市姑娘》作者玛·哈克奈斯的那封著名的信件,多少年来,我始终没有弄清楚的问题是,恩格斯只提出了"典型环境中的典型性格"问题,而为什么没有指出作者在塑造人物时那个"城市姑娘"美梦破灭的缘由所在呢?同样,在《明惠的圣诞》中,明惠看到的图景和玛·哈克奈斯所描写的场景是有异曲同工之妙的:"女士们是那么的优越、放肆而又尊贵。她们有胖有瘦,有高有低,有黑有白。但她们无一例外地充满自信,而自信让她们漂亮和霸道。她们开心恣肆地说笑,她们是在自己的城市里啊!她圆圆哪里能与她们这个圈子里的人交道?圆圆是圆圆,圆圆永远都成不了他们中的任何一个!"就像那个渴望做一个真正的"城市姑娘"的女主人公那样,当她一旦看到那个欺骗了她的感情的男人正和和睦睦与妻子孩儿欢笑之时,她的悲剧命运就来临了。同样,导致明惠自杀的根本原因就是她的希望的破灭,这个破灭不是肉体的，而是属于精神的！它不是李羊群们所能拯救的，也不是明惠们可以自救的，更不是社会与道德，乃至于宗教可以救赎的人的灵魂归属问题。从这个意义上来说，作者给出的生活图景是有文化批判意味的。

寻觅精神的归属已经成为一批乡土小说作家自觉追求的主题目标，在这一点上，我宁愿将王梓夫的《死谜》（《北京文学》2000年第12期）看成是一篇寻找灵魂故乡的诗章，也不把它当作一部"反腐题材"作品来看。小说中的主人公李小毛通过机缘和自己的努力，终于成为一个体面的城里人，包括把未婚妻和师父接进了城里，俨然是一个城市中的佼佼者。但是，他从骨子里都是一个用农耕文明的传统眼光来看一切事物的，正因为他的灵魂归属永远是乡土的，才造成了他最后的悲剧。李小毛在农耕文明和城市文明思维观念的冲突和两难中选择了死亡，就是因为一面是恩重如山的宁副县长以"重义轻利"的农耕文明理念赋予的施舍，一面是腐化堕落的城市文明现实。作为一个乡下人，他既不能违背的是礼教中的信义；又不能冒犯的是道德的天条。就像他既不能逃脱肉欲的海拉尔的性诱惑，又感到对不起未婚妻菊花一样，罪恶感是在伦理道德层面的两难境地中生成的。李小毛从乡下人成为城里人可谓质的变化，因为他知道："在农民眼睛里，人只分两类：一类是城里人，一类是乡下人。乡下人生活在地上，城里人生活在天堂。乡下人看城里人，得伸着脖子仰着脸。要是能从乡下人熬上城里人，那可是屎壳郎变知了——一步登天了。为达到这个目的，有多少如花似玉的姑娘降价下嫁给城里的二流子懒汉？有多少人为了个农转非的指标倾家荡产低三下四？"那么，成为城里人的李小毛为什么没有进入城里人的生活方式和精神世界中去呢？这是因为乡土的农耕文化印记已经渗透到了李小毛们的灵魂当中去了。就像李佩甫在《送你一朵苦楝花》里所形容的乡下男人永远洗不掉身上的特有气味那样："他知道他洗不净，这气味来自养育他的乡村和田野，已深深地浸入血液之中。城市女人是城市的当然管理者，每一个从乡下走入城市的男人都必须服从城市女人的管理，服从意味着清洗，清洗意味着失去，彻底的清洗意味着彻底的失去。"但是，这种清洗不是一代人就可以完成的，他（她）如果是从乡下进城的，那么，他（她）就必须背负着这个农民身份的沉重十字架。尽管"城里的月亮"给了农民无穷的想象空间："城市在我们眼里就是堆满黄金的地方，城市在我们眼里就是美女如云的地方，城市就是金钱和美女伸手可及的地方。"（墨白：《事实真相》）但是，在绝大多数作家的笔下流露出来的却是无尽的苦难意识。从这些大量"进城"的乡土小说创作中，我们看到的是作家过多的同情和怜悯，而在寻觅灵魂的皈依中缺少了一些更深刻的思索。那么，当农民在无所皈依的情况下又会做出什么样的"壮举"呢？王祥夫的《管道》（《钟山》2005年第1期）似乎想回答这个问题，作品中的主人公"管道觉着自己总有那么一天也会住到城里来，娶一个城里姑娘在城里过安逸日子……管道他妈就说管道心太大，说一个乡下人有那么大的心思不会有什么好处。这简直就让管道痛苦，同时又让管道觉出了某种孤独"。带着这样的心境来到城市，"一没上过学，二又没个亲戚在城里"。管道能够干什么呢？他只能在这个城市里游荡，当他被妓女和鸡头欺骗殴打时，只会重复："别惹我！谁也别惹我！"他把这个城市当作敌人，就像堂吉诃德与风车作战那样，他以一个乡下人的逻辑去思考问题："管道想过了，自己的钱既然是城里女人拿走的，那最好还是让这个城里的女人把钱退还给自己。"所以，他才铤而走险，不分对象地拿刀去对无辜的城市女人实施抢劫。他对城市的仇恨不是简单的一个被侮辱和被损害的进城农民形象就可以诠释的，我们在这场抢劫的背后，更要看清楚的是在农业文明与工业文明的交战中，那些处于社会底层的弱势群体在肉体和精神的夹缝中无所适从的失重心理状态，以及灵魂没有栖居的痛苦。

同样，在阿宁的《灾星》（《时代文学》2005年第2期）中，当农民工福亮因为在"非典"时期染上了肺炎后，既怕被政府抓走，又怕自己的病感染给家人，于是就游走在城市和乡村之间。作者巧妙地运用了这种典型环境，给出了一个肉体和灵魂都无家可归的农民工的悲惨生活结局。老实无言的福亮满以为凭着自己一身的力气就可以混迹于城市，为自己构筑一个美丽的乡土田园之梦："他看见在辽阔的坝上草原上,一座漂亮的住宅建了起来。六间大瓦房,东西一边两间厢房,一个大院子。院子是用土坯垒起来的,用麦秸和成的泥土抹得平平整整,院门高大、宽敞。草原的蓝天像透明似的,白云棉絮般铺展开,阳光下的红瓦屋顶发出漂亮的红光。"作为一个农民工的家园梦想,其实也并不难以实现,可是,上天不再给他机会了。整个故事的构成围绕着福亮的命运而展开,作家把这个人物劈成了两半,一半归属于城市,一半归属于乡村。就像他的两个女人一样:月饼象征着肉欲的城市;红菱象征着灵性的乡土。"如果红菱是他的爱,月饼就是他的欲望。"但是,欲望化的城市即使能够给福亮带来一些金钱,然而它对于农民工来说永远是有一道天然的心理屏障的,只有乡土才是他们唯一可以依靠的家园:"乡间的一切在他眼里是亲切的。土道上散落的马粪,草滩里突然窜出的野兔,都会勾起他的乡情。""内地的空气里流淌着麦子生长的气息,这里是刚刚翻开的土壤的清香。田头的一两棵歪脖子树,才刚刚抽出绿色的嫩叶,在他看来却是更有春意了。"死也要死在家乡,叶落归根可能是农民工这一群体遵循农耕文明生死观的行为准则,可能也是人类共通的人性中归家情结的显现。福亮费了千辛万苦走近了家乡:"路边的树下有块石头,他顺着石头坐下靠在树上。毕竟是家乡的树,靠着就像靠在亲人怀里,不一会就似睡非睡了。"对于生他养他的乡土出生地而言,再贫穷再衰败，也是有亲和力的；而对于那个谋生的城市而言，再富足再豪华，也是陌生的。家乡是农民工的灵魂栖居地，如果失去了，那就是孤魂野鬼，这才是农民工们的真正悲剧。无疑，家和乡是联系在一起的，然而，这个名词却带有浓厚的农耕文明色彩，因为农民的家是建立在乡土之上的，如今，农民已经开始了大规模的迁徙，向着城市进军！也许这一两代农民魂归故里的文化遗传基因是难以消除的，但是他们的下一代是否还有乡土情结呢？

就像美国的许多乡土文学是建立在移民文学之上一样，中国目前的乡土文学很大一块被这些向城市进军的"乡土移民"的现实生存状况所占据，我们没有理由不去关注和研究反映这一庞大"候鸟群"生活的文学存在。然而，从众多的反映这一群体生活的作品来看，我们的作家仅仅站在感性的人性和人道的价值立场上，自上而下地去同情和怜悯农民工群体是远远不够的，还缺乏那种强烈的文化批判意识，那种欧洲18世纪批判现实主义作家清晰的理性批判眼光和锋芒。更重要的还是需要乡土小说作家们在农耕文明与城市文明的交战中，用历史的、辩证的理性思考去观察一切人和事，才不至于陷入文化悖论的两难选择的怪圈之中不能自拔。因此，强化作品思辨理性的钙质才是这类作品亟待解决的问题，而要做到这点，就要在提高作家人文意识的基础上加强他们对历史和社会的宏观理性认识。是的，仅仅批判是不够的，我们的乡土小说作家还缺乏那种对三种文明形态的辩证认知,所以在乡土小说的创作中还罕见那种超越感性层面、具有人类社会进步意识的深刻之作。我们期待这样的作品出现。

(原载《文学评论》2005年第4期)

中国乡土小说生存的特殊背景与价值的失范

特殊的文化语境和乡土文学边界的重定

我曾经提出过前现代、现代、后现代（也即前工业、工业、后工业）这三种文化模态的共时性问题，也就是在中国大陆这块幅员辽阔的土地上，农耕文明和游牧文明、工业文明和商业文明、后工业文明和信息文明都共生于20世纪90年代以后的地理版图之上。[1] 在如此错综复杂的文化语境下，所谓同步进入"全球化语境"的确是一个非常难解的命题，它似乎并不能完全解释当今中国社会的复杂现实。如果下列结论可以成立的话，那么，我们就可以看到中国文学是在一个什么样的文化背景下生存的："前工业社会的'意图'是'同自然界的竞

---

[1] 丁帆:《"现代性"与"后现代性"同步渗透中的文学》,《文学评论》2001年第3期。

争',它的资源来自采掘工业,它受到报酬递减律的制约,生产率低下;工业社会的'意图'是'同经过加工的自然界竞争',它以人与机器之间的关系为中心,利用能源来把自然环境改变成为技术环境;后工业社会的'意图'则是'人与人之间的竞争',在那种社会里,以信息为基础的'智能技术'同机械技术并驾齐驱。由于这些不同的意图,因此在经济部门分布的特点以及职业高下方面存在巨大的不同",因为"在另一种意义上,我们可以说封建主义、资本主义和社会主义的序列以及前工业社会和后工业社会的序列都是来自马克思。马克思主义关于生产方式的定义中包括社会关系和生产'力'(即技术)在内"。[1] 如果说西方的资本主义从17世纪以后的发展是按时间顺序进行的,它的历时性连接是环环相扣的;而今天中国经济与政治发展的不平衡性和落差性,以及它在同一时空平面上共生性的奇观,无疑给中国的文化和文学带来了极大的价值困惑。因此,在这样一种复杂的时代背景下,近年来的乡土小说所呈现出的斑斓色彩是值得深深品味的。在那些描写原始农耕文明和游牧文明形态的乡土作品中,或是表现出对静态的田园牧歌和长河落日的礼赞与膜拜,或是再现了封建礼教的邪恶;或是表现出对工业文明的向往和对乡土意识的扬弃;或是

---

[1] [美]丹尼尔·贝尔:《后工业社会的来临——对社会预测的一项探索》,北京,新华出版社,1997年,第126、128页。

表现出对城市文明的仇视和对乡土的深深眷恋；或是表现出对兽性、野性的膜拜和对生态保护的浓厚兴致……凡此种种，正是乡土小说作家在三种文化模态下难以确立自身文化批判价值体系的表征。当乡土文学遭遇到工业文明和后工业文明的诱惑和压迫时，作家主体就会表现出明显的双重性：一方面是对物质文明的向往，另一方面是对千年秩序的失范痛心疾首。所有这些，不能不说是乡土文学在三种文明冲突中的尴尬。

毋庸置疑，随着农耕文明和游牧文明形态的逐渐衰微，同时随着中国城市容积的不断扩张（据报载，中国的城市人口每年以千万计增长），农民赖以生存的土地大量流失，农民像候鸟一样飞翔在城市与乡村之间，他们中的大多数人已经不再是面朝黄土背朝天"日出而作，日落而息"的农耕者，不再是马背上的牧歌者，他们业已成为"城市里的异乡人"和"大地上的游走者"，就像鬼子在《瓦城上空的麦田》里所描写的那个既被乡村注销了户口，又被城市送进了骨灰盒的老农民一样，他们赖以生存的"麦田"只能存在于虚无缥缈的"城市天空"之中。是谁剥夺了他们的生存空间和生存权利？他们甚至连姓名的权利都没有了，成为这个特殊文化语境里的一个个"无名者"和"失语者"。归根结底，他们遭遇到的是空前的身份认同的困境，是阶级和阶层二次分化的窘迫。"从流动农民初次流出的不同年代来看，在 20 世纪 90 年代，初次流动者更偏重于认可农民的社会身份，而对农民的制度性身份的认可在减弱，出现了对自己农民身份认可的模糊化、不确定现象，从而导致年轻的流动人口游离出乡村社会体系和城市体系之外，由此可能出现对城市的认同危机。"[1] 几亿农民已经成为"乡村里的都市人"和"都市里的乡村人"，而这种双重身份又决定了他们在任何地方都是边缘人，都是被排斥的客体，他们走的是一条乡土的不归路。"正如许多研究表明的那样，流动农民的社会交往圈局限在亲缘、地缘关系中。社会经济的低下导致他们与城市人接触交往的困难，而这种困难又直接妨碍着他们与城市文明同化、交融。同时，流动农民在城市接触的是一种与他们以前社会化完全不同的价值观念和行为规范，他们不可避免地会感到迷茫和无所适从。这种情况可以用迪尔凯姆的'失范'来描述，表现为个人在社会行为过程中适应的困难，丧失方向和安全感，无所适从。"[2] 乡村不是他们的，城市也不是他们的。"面对被工业社会和城市化进程所遗弃的乡间景色，我像一个旅游者一样回到故乡，但注定又像一个旅游者一样匆匆离开。对很多人来说，'乡村'这个词语已经死亡。不管是发达地区的'城中村'，还是内陆的'空心村'，它们都失去了乡村的灵魂和财宝，内容和形式。一无所有，赤裸在大

---

[1] 王毅、王徽:《国内流动农民研究的理论视角》,《当代中国研究》2004年第1期。
[2] 同上。

地上。"[1]

鉴于上述的特殊文化背景,我以为乡土文学的内涵和概念就需要进行重新修正与厘定。当农民开始了艰难的乡土生存奔波和痛苦的乡土精神跋涉时,我们看到的是一群既离乡又离土的无名者,他们想择良栖而息,但是谁又给他们选择的权利呢?显然,90年代以来,尤其是进入21世纪后,离乡背井进入城市的农民愈来愈多,他们不仅需要身份的确认,更需要灵魂的安妥。"农民流动呈明显的阶段性变化:1984年以前,农民非农化的主要途径是进入乡镇企业,即'离土不离乡';而1984年以后农民除就地非农转移外,开始离开本乡,到外地农村或城市寻求就业机会,特征是'离乡又离土'。"[2] 其实,"离乡又离土"到了21世纪已经成为中国社会不可遏制的大潮,并且呈现出许许多多新的社会和思想特征,这些特征都有意无意地裸露在乡土小说的创作之中。像关仁山的《九月还乡》中的妓女还乡重操农事的返乡文化模态已成绝无仅有的乡土社会现象了。既然作为乡土的主体的人已经开始了大迁徙,城市已经成为他们刨食的别无选择的选择,那么,乡土的边界就开始扩大和膨胀了。许许多多的乡村已经成为"空心村",其"农耕"形式已经成为城市的"工作"形式;同样,许许多

---

1 柳冬妩:《城中村:拼命抱住最后一些土》,《读书》2005年第2期。
2 王毅、王微:《国内流动农民研究的理论视角》,《当代中国研究》2004年第1期。

多的牧场已经荒芜,其"游牧"形式已经成为商业性的"都市放牛"。"农民工"或"打工者"这一特殊的命名就决定了他们是寄身在都市里觅食的"另类",他们是一群被列入"另册"的城市"游牧群体"。在那种千百年来恪守土地的农耕观念遭到了根本性颠覆的时刻,乡土外延的边界在扩张,乡土文学的内涵也就相应地要扩展到"都市里的村庄"中去,扩展到"都市里的异乡者"的生存现实与精神灵魂的每一个角落中去。我认为这样的结论是有事实和理论根据的:"……在20世纪末期,随着城市的快速崛起,一个国家的乡村史终于被史无前例地改写、刷新或者终结。数以亿计的'农民工'是这些变化的主体,同时也是强烈的感受者。"[1]

这一没有身份认同的庞大"游牧群体"的存在,改变了中国乡土社会的结构和生产关系,同时也改变了中国城市社会的结构和生产关系。因此,在中国大陆这块存在了几千年的以农耕文明为主、以游牧文明为辅的文化地理版图上,稳态的乡土社会结构变成了一个飘忽不定、游弋在乡村与城市之间的"中间物"。而"农民工"的身份便成为肉体和灵魂都游荡与依附在这个"中间物"上的漂泊者,"亦工亦农""非工非农"的工作状态就决定了他们在农耕文明与游牧文明向工业文明与后工业文明转型过程中的过渡性身份。"这些'乡村'原来都有十

---

[1] 柳冬妩:《城中村:拼命抱住最后一些土》,《读书》2005年第2期。

分稳定的结构和规范的人际关系,但在二十年的城市化工业化中业已产生了巨大的变化。这些变化无疑是显示了这个社会在全球化与市场化的大潮之中的新的空间格局的形成,也显示了中国变革的全部力量与巨大速度。它冲垮了乡土中国的结构基础,改变了'农民'生活的全部意义。一切都在逝去,一切又在重构。"[1] 所以,表现这些在生产形式上已经不是耕作形态的新的"农民"群体的生存现实,应该成为当前乡土文学不可或缺的有机组成部分。如果说美国文学史中的乡土性的"西部文学"是从发达地区向落后的荒漠地区"顺流而下"的梯度性的"移民文学"的话,那么,当今中国在进入"现代性"和"全球化"的文化语境时,却是从乡村向城市"逆流而上"的反梯度性的"移民文学"。也就是说,美国乡土文学中的文化语境是城市文明冲击乡村文明,而当今中国乡土文学的文化语境却是乡村文明冲击城市文明。因此,中国城市中的"移民文学"无论从其外延还是内涵上来说,都仍然是属于乡土文学范畴的。

值得深思的问题是,在 2004 年召开的"第三届青年作家批评家论坛"上,作家们首先感到困惑的问题就是"乡土经验"重构。可以说,无论在意识层面,还是无意识层面,作家们已经预感到表现这一庞大的"游牧群体"在城乡之间的"游

---

1 柳冬妩:《城中村:拼命抱住最后一些土》,《读书》2005 年第 2 期。

走"的生存状态是不可回避的写作现实。李洱说:"中国作家写乡土小说是个强项,到今天,我认为有必要辨析一下,现代以来的乡土写作传统,对我们今天的写作、对我们处理当下的乡土经验,有什么意义。也就是说,怎么清理这些资源,然后对现实做出文学上的应对,我感到是个重要的问题。"毫无疑问,如今许多乡土小说作家面临的困境是:一方面历史环链的断裂,使他们在面对现实和未来时,失却了方向感;另一方面面对从未有过的新的乡土现实生活经验,他们在价值取向上游移彷徨;再一方面就是可以借用的资源枯竭,作家需要自己寻找新的思想资源和价值资源。鬼子说:"……我是生活在乡土之中的,你们说乡土文学城市化、符号化了,你要使写作逃脱这种模式,最后无非也是发现或发明另一种'乡土',我估计走着走着,还是另一种符号。可能关键是哪种符号更可爱。"[1]因为城市的边界在不断扩大,而乡土的边界在不断缩小,乡土中人带着农耕文明的忧郁进入都市,但这并不能说乡土文学就城市化、符号化了,而是在它与城市文学的碰撞、冲突和交融中,出现了一种空前的"杂交"现象,一种乡土文学的新的变种。

也许,乡土小说在近年来的悄然变化是习焉不察的,但

---

[1] 参见《2004·反思与探索——第三届青年作家批评家论坛纪要》,《人民文学》2005年第1期。

中国乡土小说生存的特殊背景与价值的失范

是,其中所孕育着的巨大裂变却是有迹可寻的。如果无视乡土文学的这种实质性的变化是情有可原的话,那么,如果无视乡土文学的存在,以为城市文学就可以取而代之的言辞就有些过激了:"'乡土文学'这个概念是怎么产生的呢?在近代社会向现代社会的转型中才会出现这样的话题。到了工业化完成后,这一概念就不存在了,必然会被抛弃。在中国这样的社会中,最关键的问题是转型期中城市人群的生活和情感问题,这是当下的前瞻性问题,现在社会的大趋势是城市化。有人说我这是进化论的观点,认为我对城市化说好话,其实这不涉及到价值判断,我们不去探讨城市化好不好这一问题,只是说在城市化这一进程中'乡土文学''乡土中国'肯定只是社会生活中极小部分的问题。"[1] 是的,乡土文学只有在与工业文明的比较中才能凸显其鲜明的特征,这一点我在 1992 年出版的《中国乡土小说史论》中已经有过论证,不再赘述。但是,这并不意味着乡土文学在工业化以前就不存在,更不意味着工业化以后乡土文学就消失了。远不说欧美,就拿资本主义工业化文明已经相当发达的日本来说,那里仍然存在着乡土社会生活和乡土文学,何况在中国这个幅员辽阔的地理版图上,农耕文明形态和游牧文明形态还未消失,当然,在相当一段时期内也不可能

---

[1] 参见《2004·反思与探索——第三届青年作家批评家论坛纪要》,《人民文学》2005 年第 1 期。

被消灭，尽管工业文明和城市文明在不断地蚕食着它们，可是要想在中国一次性地完成工业文明谈何容易！再退一步说，即使中国工业文明和城市文明达到了惊人的水平，那些祖祖辈辈从事农耕文明活动而失去土地的人们，也不会把有几千年意识形态惯性的农耕文明心理痕迹抹去。其实，持"中国进入了城市文学"观点的人所忽略的正是我要阐释的：大量失去了土地的农民流入城市以后，给城市带来的是农耕文明的意识形态和社会生活方式的信息，他们影响着城市，尽管这种影响是微不足道的；相反，工业文明和城市文明倒是以其强大的辐射能量在不断地改变着他们的思维习惯。就此而言，在相当一个时期内，反映这样的文明冲突，就成为许多作家（不仅是乡土文学作家，也是城市文学作家）所关注的焦点，它并不是"社会生活中极小部分的问题"，而是在这一漫长的转型期里最有冲突性的文学艺术表现内容。

在价值的悖论中游移

不要以为在一片"全球化语境"的喧嚣声中，我们就能够与先进文化对接。由于地域、民族、体制以及各种文化因素的制约，我们的文学处于一个充满着矛盾冲突和极大悖论的文化状态和语境中：一方面是新的都市文学的兴起，它带着强烈的商业文化的色彩，在现代（工业文明）和后现代（后工业文明）文化语境中徘徊，展示着它妩媚与龌龊的两面；另一方面是旧有的和新生的乡土文学以其顽强的生命力，从多角度展开了对现代物质文明的抵抗，它所面对的是与工业文明和后工业文明的双重挑战，同时对乡土社会的重新审视与反思，也成为其生命力增长的重要因素。总之，一切存在的乡土和城市生活的对撞，都呈现出它的双重性和悖论特征，因此，它给作家，尤其是给乡土作家带来了价值选择的巨大困惑。从近几年来的乡土小说的创作中，我们可以强烈地感受到作家们在艰难的选择中所走过的历程。

毋庸置疑，我们绝大多数的乡土作家仅仅站在同情和怜悯的价值立场去完成对农民的人道主义的精神安慰是远远不够的："西北地区两极分化还是比较严重，农村存在很多问题。刚实行承包责任制的时候，生机勃勃，但如今，强壮劳动力都进城了，农村只剩下'老弱病残'。农村城市化是社会转型期的必然现象，牺牲一两辈人的利益也是必然的。农民永远是很辛苦的，是需要极大的关怀的群体和阶层。"[1] 诚然，能够看到乡土社会生活的危机，并关心着这个群体的疾苦，已经是很有文化批判精神的底层意识了，但是，如果我们不能在更广阔的社会背景下来超越普泛的人道主义价值观，从而确立新的有价值意义的"乡土经验"，就会在转型期失去最佳的观察视角和创作视角。可以看出，所有农耕文明在与工业文明、后工业

---

[1] 贾平凹：《贾平凹答复旦学子问》，《文学报》2005年3月31日。

文明冲突中的农民心理的劣根性和优根性的交混与杂糅，都形成了一种悖反现象，呈现出它的双重性，而作家在这种悖反的现象中往往会产生强烈的困惑，形成价值理念的倾斜与失控。如果说在鬼子的《瓦城上空的麦田》中用过多的笔墨倾注了对那些既失去了土地又失去了身份认同的农民的深深的同情和怜悯，给予主人公人道主义和人性的关怀，表现出一个作家强烈的批判现实主义的情怀，使作品达到了较高的批判现实主义高度的话，那么，弥散在作品中的不为人们所觉察的那种对浪漫乡土的过分迷恋与美化，又不能不说是对历史进化的一种隐含的讽刺，尽管作家是处在一种"无意后注意"的状态之中。同样，在孙惠芬的乡土系列小说中，在许多新锐的乡土小说作家的作品中，都普遍存在着这种价值的悖论。也许，正是作家这种无意识的书写，暴露出了从五四以来的乡土小说由"乡土经验"的一成不变所造成的乡土小说难以跳出阈定的单一化主题模式的弊病——非批判即颂扬。而在当今这样一个农民大迁徙的时代里，生活恰恰为我们的乡土作家提供了一个"乡土经验"发展进化和多义阐发的艺术空间，为作家在价值理念定位时提供了可依持的多个参照系数。就此而言，"乡土经验"的转换确实是作家们亟待解决的价值立场问题。作家所面临的价值选择并非往常的非 A 即 B 的简单选项，他们在选择书写"下层苦难"时，在"哀其不幸，怒其不争"的愤懑中，须考虑另一种文明所隐含着的历史进步作用；而他们在选择书写

"田园牧歌"时,也不得不顾及对静态之美的农耕文明意识形态的无情批判。

如果说高速发展过程中的西方资本主义文化在19世纪向20世纪过渡时,也遇到过价值选择的两难境地的话,那么,由于他们的文化背景要比现时的中国简单得多,因此,尽管他们也成为"迷惘的一代",但是其价值取向却是明晰的:"尽管城市代表了农村文化拒不接受的那些受到污染的价值观,但是中西部的人仍然向往在田野劳动之余美化自己的家庭生活。他们的视野越过城市,似乎看到了根据自己的经历所回忆起的,或书本上所记载的,或从亲友们的谈话中所了解到的新英格兰村庄。这些点滴的知识构成了他们想象中的文明社会的基础,帮助他们形成了上流的礼仪、礼貌和正确的态度的准则。这样的做法不仅使中西部人避免了城市兴起的后果,而且也使他能及时回顾一个由于面临中西部更为肥沃的土地的竞争造成的新英格兰砂砾土壤的衰退以及工厂的出现而不复存在的世界。"[1]显然,从历史进化的角度来看,这种观念有碍社会进步和人性的发展,但不可忽视的是,那"迷惘的一代"与当下中国所处的文化语境是不尽相同的,他们之所以用保守主义的态度来对待城市生活方式却能得到认同,就在于他们的"移民运动"是

---

[1] [美]拉泽尔·齐夫:《一九八〇年代的美国——迷惘的一代人的岁月》,夏平、嘉通译,上海,上海外语教育出版社,1998年,第82页。

呈梯度进行的,是从一个充满着"城市经验"的文明形态向另一个"乡土经验"形态的透视与转移,不存在两种文明板块的直接碰撞。所以,抵御城市文明的那些"受到污染的价值观"成为普泛性的共识。但是,如果我们今天也用这样的眼光去衡量中国的乡村文明和城市文明,就难免陷入一元认知的陷阱。

而在中国当下的许多作家尤其是年轻作家的心目中,"乡村经验"是模糊的、悖反的,显然,这与他们的价值观念的游移是相对应的:"说到关于乡土的写作,好像总离不开'乡村经验'。就是说,我们已经从乡村撤出,那些乡村生活,已经退到身后,像昨天的夕阳一样悬在记忆的天幕上。不是么,今天,在我们面前,高楼林立,浮华遍地。""与一直在乡村的黑夜里摸爬滚打的经历相比,城市霓虹灯下的那些'乡村经验'往往更像那么回事。""我有了一点教训,开始正视自己的乡下人身份,也就是说,正视自己的乡村经验。我这才注意到,我那一双炫耀的皮鞋,底下沾满了乡村的泥。我一步一步走回记忆的乡村,并在现实的乡村驻足。""我们或许需要强调生长庄稼的乡村才是真实的,但乡村生长梦幻,梦幻改变乡村,这也是真实的。"[1] 从这些出自同一个作家的同一篇文章的充满着悖论的文字中,我们不难理解这些年轻的乡土作家所面临的困惑与选择的两难。一方面是沿袭着五四以来的居高临下的用知

---

[1] 马平:《我的另一个乡村》,《文学报》2005年4月1日。

识分子启蒙的"乡土经验"来书写乡土的记忆,这必然需要城市文明作强大的参照和依托;另一方面是像沈从文那样站在一个"乡下人"的立场去批判城市文明给乡村带来的灾难,在一定程度上又忽略了工业文明和城市文明的"现代性"的历史进步意义,这又必然需要舍弃参照系而孤立狭隘地去观察乡土社会生活。

如何区别当下和五四的文化背景的差异,选择更适合历史发展的价值理念与创作道路,也许有的批评家对此还是比较清醒的:"我们讨论乡土中国时不能局限于原有的固化的乡土概念,就是说你在讨论村里的事的时候不能就仅仅是村里的事,和城市隔绝,和中国社会的变动不发生关系。"[1] "五四以来的作家大多数是从农村出来的,书写乡村的时候,本来应该是最动人的,因为这跟他们童年记忆有关,但很多作家采取的方式是抛弃故乡——也许把'乡土'换成'故乡'会更好理解一点——生活在别处。这种姿态必然会导致对乡村现实的改写,这种改写不仅发生在乡土文学中,哪怕对城市的现实,不是也存在着改写吗?"[2] 是的,我们不可以忽略城市文明和工业文明作为强大参照系对"乡土经验"的制衡与催化作用,但也不可以忽略作为乡土文学根本的面对乡土现实的精神,光凭"童

---

[1] 参见《2004·反思与探索——第三届青年作家批评家论坛纪要》,《人民文学》2005 年第 1 期。
[2] 同上。

年记忆"的书写往往是有毒的,那种对乡土文学的"改写"是致命的,价值的失范必然会给乡土文学作家作品带来文学史意义上的偏离。其实,这个问题从20世纪80年代开始就已经在乡土作家作品中呈现过,像贾平凹的《鸡窝洼人家》《腊月·正月》《小月前本》等,像铁凝的《村路带我回家》《哦,香雪》等,像郑义的《边村》《老井》等,像路遥的《人生》等,像张炜的《古船》《秋天的愤怒》等,像王润滋的《鲁班的子孙》等,都可以清晰地看出作家在两种文明冲突中所表现出的惶惑的价值理念,田园式的农耕文明和牧歌式的游牧文明以其魅人的诗意特征牵动着作家的每一根审美的神经,使其陶醉在纯美的情境中而丧失文化批判的功能;而工业文明的每一个毛孔里都沾满了污秽和血,其狰狞可怖的丑恶嘴脸又使作家忘记了它的历史杠杆作用,而陷入了单一的文化批判。于是,一元化的审美或批判成为五四以来乡土作家难以摆脱的创作枷锁。其实,创作主体的惶惑也好,眩惑也好,困惑也好,一直延续至今都没有得以解决,甚至随着中国工业文明和城市文明越来越发达而愈加凸显。这不能不说是近一个世纪以来,由于乡土文学理念的停滞不前而带来的创作的低水平重复的关键问题。

阅读了近年来的几百部乡土小说,就我的能力所限,只能将其大致分为三类:一类仍是描写乡土社会生活的旧题材作品。其中,既有反映农耕文明生活内容的,又有反映游牧文明生活内容的;既有浪漫主义手法的,又有现实主义理念的。一类是属于乡土小说新的题材领域,描写农民进城"打工"生活的题材。一类也属于乡土小说新的题材疆域的作品,就是所谓生态题材小说。

就第一类题材的乡土小说而言,我们看到的作家价值理念的困惑是:一味地沉湎于对农耕文明和游牧文明的顶礼膜拜和诗意化的浪漫描写,而忘却了将现代文明乃至带着"恶"的特征的新文明形态作为参照系,这就难免造成作品的形式的单一和内容的静止。其大多数作品至多停留在对乡村"苦难"的人性化的书写层面,就连鲁迅式的文化批判锋芒都钝化了。究其原因,我以为有一个很重要的因素就是这十几年来对西方"后现代"理论的误读,把西方已经经历过的资本主义高速发展阶段切割掉,试图与他们同步地去寻找田园牧歌式的原始社会生活形态与自然社会生活形态,这无疑是一种错位的价值观。我们才刚刚向工业文明和城市文明迈步,许多农耕文明与工业文明的矛盾冲突还未解决,倘若把一个凝固的农耕文明和游牧文明直接与后工业文明相对接,那种对工业文明时段的省略所带来的民族心理的缺损和伤痛将会更甚。无疑,在农耕文明中,"首先同人发生冲突的是自然。在人类生存史上,人的大部分生活本身就是一场与自然的争斗,目的是要找到一种控制自然的策略:要在自然界寻得栖身之地,要驾驭水和风,要从土壤、水和其他生物中夺取食物和滋养。人类行为的许多准则就是在适应这些变化的需要中形成的"[1]。其实，谁也不愿意把自己的生活置放在人与自然搏斗、刀耕火种的落后的文明语境中，历史的进步就在于召唤人在社会发展的进步中去寻找最佳的人性表现，而非停下脚步蜷缩在低级的、原始的文明社会生活形态之中。因此，对于那些大多数的乡土小说创作者而言，需要首先解决的问题就是抛弃那种把迷恋农耕文明当作思想时髦的价值倾向，将复杂的问题复杂化，而绝不是简单化。

就第二类题材的乡土小说而言，我们看到的价值理念困惑是：作为创作主体的作家一俟进入这个创作领域，往往首先确立的价值理念就是鲜明的道德批判。这一视角虽无错误，但是这个沿用了一百年的人道主义视角却往往成为作家向更深层面——人类发展和社会进步开掘的阻碍。不错，我们看到了工业革命过程中"人"的丧失（卓别林在百年前的默片《摩登时代》里就讽刺过它的"现代性"），但是，比起前现代的农耕文明，它却是一种历史的进步："作为劳动者的人设法制造物品，在制造物品的过程中他梦想改造自然。依赖自然就是屈从自然的反复无常。通过装配和复制来再造自然，就是增进人的力量。工业革命归根结底是一种用技术秩序取代自然秩序的努力，是一种用功能和理性的技术概念置换资源和气候的任意生

---

[1] [美]丹尼尔·贝尔：《资本主义文化矛盾》，北京，生活·读书·新知三联书店，1989 年，第 199 页。

态分布的努力。"[1] 比起农耕文明人与自然的争斗，工业文明的技术和复制虽然表现出了它的双重性，但它毕竟是人类的一次很大的历史进步，我们的作家绝不能熟视无睹，否则我们就会对许多事物失去基本的判断能力。就像有的文学史论家描述"迷惘的一代"那样："这些作家脱离了旧的东西，可是还没有新的东西可供他们依附；他们朝着另一种生活体制摸索，而又说不出这是怎样的一种体制；在感到怀疑并不安地做出反抗的姿态的同时，他们怀念童年时的那些明确、肯定的事物。他们的早期作品几乎都带有怀旧之情，满怀希望重温某种难以忘怀的东西，这并不是偶然的。在巴黎或是在潘普洛纳，在写作、饮酒、看斗牛或是谈情说爱的同时，他们一直思念着肯塔基的山中小屋，衣阿华或是威斯康星的农舍，密执安的森林，那蓝色的花，一个他们'失去了，啊，失去了的'（如托马斯·沃尔夫经常说的）国土；一个他们不能回去的家。"[2] 过分的对农耕文明和游牧文明的自然之美与舒缓的节奏之美的迷恋和激赏，同样是一种思想的肤浅和残缺，或许艺术的残缺是美的，而思想的残缺绝不是美的。也许有人会以为，作家只对作品的审美功能负责，他甚至无须对人与社会、生活与道德作出价值

---

1 ［美］丹尼尔·贝尔：《资本主义文化矛盾》，北京，生活·读书·新知三联书店，1989年，第199页。
2 ［美］马尔克·考利：《流放者的归来——20年代的文学流浪生涯》，上海，上海外语教育出版社，1986年，第6页。

判断。许许多多的世界名著都表现出了作家的困惑意识,像托尔斯泰那样的思想彷徨也丝毫没有妨碍他成为大作家。但是,有一个不可忽视的前提就是:时代不同了,工业革命走到今天的情形托尔斯泰和巴尔扎克们没有看到。所以我们不仅需要道德批判和文化批判,而且更需要对两种文明甚至三种文明冲突下的人与人、人与自然的关系作出合理的判断。

就第三类题材的乡土小说而言,笼统地将它概括为"生态小说"是不合适的,因为,虽然生态环境保护在中国已经到了刻不容缓的地步,但是,它和西方后现代意义上的生态文学的目标是有本质的不同的,因为,"后工业化秩序对于前两种秩序不屑一顾。由于获得了显著的工作经验,人生活得离自然越来越远,也越来越少与机器和物品打交道;人跟人生活在一起,只有人跟人见面。群体生活的问题当然是人类文明最古老的难题之一,可以追溯到洞穴和氏族时代去。然而,现在的情况已经有所不同。形式最古老的群体生活不超出自然的范围,战胜自然就是人群生活的外在共同目的。而由物品联系起来的群体生活,则在人们创造机器、改造世界时给人们一种巨大的威力感。然而在后工业化世界里,这些旧的背景对于大多数人来说已经消失。在日常工作中,人不再面对自然,不管它是异己的还是慈善的,也很少有人再去操用器械和物件"[1]。关键就在于我们的地理版图和精神版图上还清晰地标有农耕文明和游牧文明的印记,我们还处在人与自然、人与机器的争斗和交往之中,我们的物品还没有极大地丰富,一切"旧的背景"还没有消失,我们的人民还在大量地"操用器械和物件",否则就难以生存。一方面是温饱,一方面是发展,我们的价值取向就更偏重于后者。而我们的"生态小说"却更多的是农耕文明和游牧文明中那种带有"神性色彩"的乡土书写,而非"后现代"语境下的奢侈审美活动。从20世纪90年代郭雪波开始创作的"狼系列"题材,到如今姜戎的《狼图腾》,其实中国作家都是在演绎着一曲神性图腾的无尽挽歌,是典型的传统乡土社会生活中对神的祭拜与讴歌。由此我想到了贾平凹的《怀念狼》,除了作品中反映出的对人类天敌的敬畏之情的神性色彩外,恐怕更多的是作家面对现实的乡土社会所不得不发出的人与自然争斗的吼声,无奈地表现出农耕文明对动物世界的残酷的一面。从这个意义上来说,当我们还不能完全摆脱人与自然的直接关系时,那种生态和谐的理念是乏力的。就像《怀念狼》中所描写的那样,如果不去打狼,狼就要祸害乡村和农民。要知道,我们的乡土还是在一个与兽类争夺资源的弱肉强

---

[1] [美]丹尼尔·贝尔:《资本主义文化矛盾》,北京,生活·读书·新知三联书店,1989年,第199页。

食的文化语境中,与后现代的理论家们一同去呼喊生态保护的口号,是一种奢侈的思维观念,起码是一种不在一个物质层面和文明层面上的不平等的对话。因此,在调适我们的价值观的时候,就得充分考虑到"生态小说"的错位现象给中国的乡土小说所带来的价值倒错。

另外,还须注意的问题是,许多理论家和评论家都毫不犹豫地提到了五四新文化先驱者提出的所谓张扬"兽性"的理论。殊不知,他们所提出的这一"兽性"理念是针对那个羸弱的国民性和民族性的,恰恰是站在人的立场上来仰视强大的"兽性"的。从这个意义上来说,关注生态平衡是对的,但是,忽略了人的生存和发展,那是更危险的,起码在当今中国这样一个特殊文明形态下来大肆书写和宣扬生态小说,可能还是一种文学审美的奢侈活动。

综上所述,我们可以看出,在这样一个三种文明相互冲突、缠绕和交融的特殊而复杂的文化背景下,中国乡土小说既面临着种种思想和审美选择的挑战,同时也蕴含着重新整合"乡土经验",使乡土小说走向新的辉煌的契机。所有这些,正是中国的乡土小说作家们应该深刻反思的问题。惟有反思,我们才能获得新生。

(原载《文艺研究》2005年第8期)

中国乡土小说研究的百年流变

中国乡土小说是中国新文学最重要的组成部分，也是中国新小说中名家辈出、流派纷呈的文体重镇。如果从鲁迅乡土小说开始算起，中国乡土小说至今已有百余年的发展历史。与之形影不离的中国乡土小说批评与研究，也有百年的发展历史。百年来，伴随着中国乡土小说的萌生、发展、繁盛、蜕变、断裂、复归到再度新变的复杂而曲折的历史演进，[1] 中国乡土小说批评与研究也历经初创、中兴、转向、畸变、复兴、繁荣、分流与深化的复杂而曲折的递嬗过程。在百年沧桑岁月中，中国乡土小说得到了几代批评家和学者的长期关注与深入研究，有关研究论文和著作，真可谓汗牛充栋。但遗憾的是，百年中国乡土小说批评与研究自身，却没有受到应有的关注与研究，还是一片亟待开垦的学术荒地。开垦这片学术荒地，梳理中国

---

1 丁帆等：《中国乡土小说史》，北京，北京大学出版社，2007年，第1页。

乡土小说研究自身的百年发展历史，总结其经验得失，辨识其学术价值，推进其发展，正是中国乡土小说研究之研究的中心任务与目的。

中国乡土小说研究之研究，首先要明确的是中国乡土小说研究的对象与范围，亦即要明确乡土小说之所指，从而确定研究之研究的对象与范围。中国乡土小说研究中的"乡土小说"，在百年中国乡土小说批评与研究中，其概念与所指在不同的历史时期是不同的。20世纪最初的30年间，中国新文学界先后出现了"乡土文学""乡土艺术""农民艺术""农民文艺""农民文学""乡土小说"等概念。20世纪30年代中后期，鲁迅和茅盾对"乡土文学"概念的界定和使用，产生了持久而广泛的影响，"乡土文学"成为批评界普遍使用的概念。20世纪40年代，"乡土文学""农民文学""农村文学"等概念被不同区域不同批评者分别使用或者混用。在解放区，"农民文学"取代"乡土文学"概念，一统天下。20世纪50到70年代中期，中国大陆批评界仅使用"农村题材文学""农村题材小说"概念。"文革"后，"乡土文学""乡土小说"等批评概念再度得到批评界和学术界的广泛使用，"乡村小说"概念也有部分研究者使用。这些概念，尽管其外延大小有别，如"乡土文学"大于"乡土小说"，从逻辑层面上来说它们是种属关系；内涵意味有别，如"乡土小说"偏重文化，"农村题材小说"偏重政治，但其所指的文学艺术，不论是小说还是其他文类，均以农民、农村和农业等为表现对象。因此，凡是将以农民、农村、农业为叙事对象的小说作为对象的批评与研究，不论研究者使用"乡土文学""乡土小说""农民文学""农村题材小说""乡村小说"中的哪个概念，都是中国乡土小说研究之研究的对象。

中国乡土小说研究中的研究，在不加区分的一般用法中，其所指实际涵盖三个方面：一是乡土小说理论，二是乡土小说批评，三是乡土小说历史研究。中国乡土小说的理论建设，始自20世纪第一个10年[1]，周作人、鲁迅、茅盾等先驱关于"乡土文学"的经典言说，是后来中国乡土小说批评与研究最重要的理论思想资源。自此之后的一百多年来，关于"乡土文学"和"乡土小说"的理论探索一直没有停止过。中国乡土小说批评，最初是围绕鲁迅乡土小说进行的。从20世纪20年代到现在，乡土小说批评紧紧追随着中国乡土小说创作的时代脚步，在每个历史时期都产出大量批评文章，从而成为中国乡土小说研究中文献最多、时代性最强的组成部分。中国乡土小说的历史研究，最早可以从胡适的《五十年来中国之文学》说起。在这篇文学史论性的文章中，胡适肯定了鲁迅的短篇小

---

[1] 1910年，周作人在《黄蔷薇序》中称自己所翻译的匈牙利作家约卡伊·莫尔（周作人译为匈加利育珂摩耳）的中篇小说《黄蔷薇》，为"近世乡土文学之杰作"。《黄蔷薇序》是迄今为止所发现的最早提到"乡土文学"概念的文章。详见周作人：《苦雨斋序跋文》，石家庄，河北教育出版社，2002年，第12页。

说，认为"从四年前的《狂人日记》到最近的《阿Q正传》，虽然不多，差不多没有不好的"。[1] 虽然胡适在文章中只是提到而没有从"乡土文学"角度考察，《阿Q正传》也算是早早地及时"入史"了。最早也最有影响的中国乡土小说史论，可以从鲁迅的《〈中国新文学大系〉小说二集序》开始说起。鲁迅的这篇序言，虽说是导言，但也是关于五四乡土小说最权威的历史描述和阐释。这类关于乡土小说的学术研究文章也是海量的，乡土小说史之类的学术著作也很多。有些论者认为，乡土小说批评与乡土小说研究是不同的，批评有很强的主观色彩，是即时性的，很多批评文章时过境迁就失去了意义；而研究是客观的，是长效的，不会随着时代的改变而失掉其学术价值。因此，二者不能混为一谈。从理论上讲，这样的观点不是没有道理。但实践中的乡土小说批评与乡土小说研究之间，并没有清晰的界限，二者很难截然分开，一些批评文章，具有无可争辩的"研究"色彩；而一些研究文章，具有无可争辩的"批评"色彩。因此，将百年来的中国乡土小说理论、乡土小说批评与乡土小说研究，纳入中国乡土小说研究的范畴之中，都作为中国乡土小说研究之研究的对象，也就不是没有道理的。

1　胡适：《五十年来中国之文学》，见《胡适文集》，北京，北京大学出版社，1998年，第263页。

中国乡土小说研究所涵盖的乡土小说理论、批评与研究，在中国社会不同的历史时期有不同的变化，呈现出非常鲜明的阶段性特征。依据中国乡土小说研究的阶段性变化，大致可将中国乡土小说研究的百年历史划分为初创与中兴（1910—1942）、转向与畸变（1943—1978）、复兴与繁荣（1979—1999）、分流与深化（2000—2014）等既有内在连续性又有显著差异的四个发展阶段。

中国乡土小说研究的初创，是从乡土小说的理论建设开始的，周作人在写于1910年的《〈黄蔷薇〉序》中提到了"乡土文学"，在没有找到更早更新的资料之前，这个命名可视为一个"伟大的开始"。自此至1942年的中国乡土小说研究，其历史流变与特征依次有：第一，"乡土文学"的引介与倡导。周作人是"乡土文学"最重要的引介者与倡导者，他的《地方与文艺》等是乡土文学理论初创期最重要的理论文献。第二，鲁迅乡土小说批评与研究。鲁迅是中国乡土小说的开创者，伴随《风波》《故乡》《阿Q正传》等传世名作的诞生，乡土小说批评也在20世纪20年代初出现，茅盾、周作人、张定璜等是最早的发起者。至20世纪30年代，鲁迅研究走向繁荣，出现诸多变化。第三，五四乡土小说批评与研究。鲁迅、茅盾、叶圣陶、傅雷、苏雪林等对王鲁彦、许钦文、许杰、蹇先艾等作家乡土小说的批评，虽然其中有些批评并非自觉的乡土小说批评，但都起到了扩大五四乡土作家群影响的作用，推动乡土小说创作走向成熟和繁荣。第四,"京派"乡土小说批评与研究,不仅指对废名、沈从文等创作的乡土小说的批评与研究,如周作人对废名乡土小说的批评;而且也指持有自由主义文艺观的沈从文、朱光潜、刘西渭(李健吾)、李长之等"京派"作家和批评家的乡土小说批评与研究,如沈从文的《沫沫集》、刘西渭的《咀华集》等都是这个时期有名的批评著作。这些"京派"作家、批评家的理论建构、批评实践与文艺论争,如"京派""海派"之争,都极大地推动了20世纪30年代乡土小说批评与研究繁荣局面的生成。第五,左翼乡土小说批评与研究,不仅指对"革命小说"、"社会剖析派"乡土小说、"东北作家群"的乡土小说、"七月派"的乡土小说等左翼乡土小说或具有左翼倾向的乡土小说的批评与研究,亦指持有马克思主义文艺观的瞿秋白、茅盾、周扬、钱杏邨、冯雪峰、胡风等左翼作家和批评家的乡土小说批评与研究。左翼乡土小说批评与研究,不仅极一时之盛,扩大了左翼乡土小说的声势与影响,而且对后来的中国乡土小说理论、批评与创作都产生了巨大而深远的影响。第六,《中国新文学大系》的编纂与出版,不仅有中国新文学"史料"的建设意义,更有中国新文学"史"的建构意义,是一部规模庞大的实体化的中国新文学第一个10年的"断代史"与"流派史"。鲁迅、茅盾等编选的"小说卷"收入大量乡土小说,他们在各自撰写的"导论"(序)中再次提出"乡土小说""乡土文学"概念,厘定其内涵与外延,圈画出乡土小说的流派、团体，从而形成中国乡土小说批评与研究的一个高峰。这对以后的中国新文学史、中国乡土小说史的编撰，对一些乡土作家作品的经典化，都起到了极为重要的作用。第七，抗战时期不同区域的乡土小说批评与研究。20世纪30年代末到40年代，沦陷区、国统区和解放区的异常区隔，迫使不同区域出现不同的乡土小说作家群落，如"东北作家群""七月派"、解放区作家群等。不同区域的乡土小说批评和研究也随之有了较为明显的区别，不同区域间由此形成相异与互补的局面。总体上看，本阶段依次出现的乡土小说批评与研究，不论其秉持的社会政治文化思想、文艺观念、乡土文学理论、批评与研究方法，还是价值取向，都呈现出多元共存的局面，具有后世难以企及或复现的丰富性、复杂性和多样性。

中国乡土小说研究的转向，是指由偏重文化转向偏重政治，其过程始于20世纪20年代末，盛于20世纪30年代，至1942年后由偏重政治转变为首重乃至唯重政治，"乡土小说"概念逐渐被"农村题材小说"概念所取代。至"文革"，"文学批评"畸变为"革命大批判"。1942年至1978年间的中国乡土小说批评与研究，其历史流变与特征依次有：第一，毛泽东《在延安文艺座谈会上的讲话》（以下简称《讲话》）的发表，是中国乡土小说批评与研究的重要转折点。关于文学理论批评标准亦即政治标准与艺术标准谁为第一的论争，进一步扩大并强化了《讲话》的影响，确立了《讲话》的权威话语地位。

"阶级"话语成为文艺批评与研究的主导话语,对赵树理、丁玲、周立波、孙犁等解放区作家的乡土小说的批评与研究,也首先是基于"阶级"话语的政治性评判,其次才是艺术批评。这种乡土小说批评与研究,不仅与"京派"自由主义知识分子们的乡土小说批评与研究判然有别,而且与鲁迅等的启蒙主义的乡土小说批评与研究也有了渐行渐远的思想距离。这种阶级论的批评观,自解放区文艺直到整个"十七年""文革"时期都依然占据批评话语的中心位置。第二,"民族形式"的倡导与论争,对20世纪40年代的乡土小说创作、批评与研究也有重大影响。"民族形式"的倡导者是毛泽东。1938年,毛泽东在中共六届六中全会上作《中国共产党在民族战争中的地位》的报告中提出"民族形式"口号;1940年,毛泽东在《新民主主义论》中又再次提出"民族的形式"问题。毛泽东的倡导,直接推动了"民族形式"问题的讨论。向林冰的《论"民族形式"的中心源泉》、葛一虹的《民族形式的中心源泉是在所谓"民间形式"吗?》、郭沫若的《"民族形式"商兑》、茅盾的《旧形式、民间形式与民族形式》、胡风的《论民族形式问题的提出和重点》等是本次论争的重要文献。论争中出现的被视为"正确"的文学观念与审美观点,转变成乡土小说创作的艺术要求及乡土小说批评与研究的审美评价标准,如对赵树理乡土小说予以肯定的重要理由之一就是其对民族形式、民间形式的传承、改造与创新;对丁玲、周立波乡土小说艺术缺陷的批评，就是认为他们小说中的欧化色彩重了，民族形式、民间形式的东西少了。第三，20世纪50年代的"现代文学"学科的建立与"中国新文学史"的编撰，依照中共政治意识形态与社会主义现实主义原则，重新审视和评价中国现代乡土小说的创作、批评与研究。具有不同政治、文化、思想和社会背景的乡土作家、流派和社团，受到了不同的学术对待。鲁迅乡土小说、五四乡土小说，包括"革命小说"、"社会剖析派"乡土小说、"东北作家群"乡土小说、"七月派"乡土小说和解放区乡土小说在内的左翼乡土小说等，都受到较多的肯定评价，被赋予较高的文学史地位。与之相反，自由主义作家和流派，其他社会政治文化思想背景的作家、流派和社团的乡土小说创作，或遭到贬抑，如沈从文乡土小说；或被遮蔽，如张爱玲的《秧歌》和《赤地之恋》。第四，"十七年"时期，"农村题材小说"的创作，"无论是作家人数，还是作品数量，在小说创作中都居首位"。[1] 对赵树理、周立波、柳青、李准等创作的以"土改""合作化"等为题材的小说的批评与论争，是本时期大陆乡土小说批评与研究的主要内容。中国大陆农村社会土地制度的剧烈变革、频繁发生的政治批判运动、文学理论界的文艺思想观念纷争，如"创作方法"论争、"题材问题"、典型问题、"写真实"论、"写中间人物"论、"现实主义深化"论等，这

---

[1] 洪子诚：《中国当代文学史》，北京，北京大学出版社，2010年，第100页。

些都直接影响到乡土作家的创作与批评界的批评。对乡土作家作品的褒贬，批评家的人生沉浮，无不与中国当代社会的政治大气候有关。第五，"文革"时期的乡土小说批评与研究畸变为"革命大批判"。赵树理的《三里湾》、周立波的《山乡巨变》、柳青的《创业史》等享誉"十七年"时期的作品都遭到了"大批判"，罗织的罪名与罪状都是政治化的，如给《山乡巨变》定的罪状就是"宣扬阶级斗争熄灭论""丑化农村共产党员""鼓吹右倾机会主义路线"，周立波本人也被"监护审查"；再如赵树理的《三里湾》被打成"大毒草"，赵树理本人也被折磨致死。本时期，被树立为小说"样板"的仅有浩然的《艳阳天》《金光大道》等不多的几部"农村题材小说"，其被树立为"样板"的理由也是政治化的。"文革"时期，中国大陆真正意义上的学理化乡土小说批评与研究已经死亡。总体上看，中国乡土小说研究自1942年至1978年间的转向与畸变，其体现出的高度一体化和政治化特征，是"历史之恶"的结果。

中国乡土小说研究的复兴，始于"文革"结束之后的"新时期"。在"拨乱反正""解放思想"的大形势下，中国乡土小说创作复苏，乡土小说批评与研究也随之复兴，并很快走向繁荣，俨然成为中国新文学研究里的显学。"乡土小说"也取代"农村题材小说"概念，成为最通行的批评用语。1979年至1999年间的中国乡土小说批评与研究，其历史流变与特征依次有：第一，乡土小说（乡土文学）的重新倡导与开拓。刘绍棠是本时期倡导乡土文学并身体力行的重要作家。刘绍棠与孙犁关于乡土文学的有无之争[1]，雷达与刘绍棠的《关于乡土文学的通信》、蹇先艾的《我所理解的乡土文学》、汪曾祺的《谈谈风俗画》等，都对推动"新时期"乡土文学创作与批评研究的复兴产生了影响。第二，乡土小说批评与创作的共同繁荣。随着"伤痕小说""反思小说""寻根小说""先锋小说""新历史主义小说""新写实小说"等小说创作思潮的不断涌现，一批以乡土小说批评与研究为志业的批评家和学者，即时跟踪批评研究，出产了一大批方法新颖、观点新锐的批评文章与学术著述。由此，乡土小说批评与研究呈现出前所未有的繁荣局面。第三，乡土小说"大家"的"重评热"。20 世纪 80 年代中期至 90 年代，"20 世纪中国文学""重写文学史""新文学整体观"等成为学术热点。在这样的学术思潮中，鲁迅、茅盾、沈从文、赵树理、丁玲等极具重评价值的乡土作家，成为一些论者的重评对象。重评者们受美籍华裔学者夏志清《中国现代小说史》的启发，高张审美大旗，以"去政治化"为策略，提高沈从文、张爱玲的文学史地位；分析茅盾的"矛盾"，将其排除在"大师"之外；肯定丁玲的早期创作，否定她的

---

[1] 刘绍棠在《北京文学》1981 年第 1 期上发表《建立北京的乡土文学》，倡导乡土文学；孙犁在《北京文学》1981 年第 5 期上发表《关于"乡土文学"》，认为不存在"乡土文学"。二人的意见产生了一定的影响。

《太阳照在桑干河上》；否定赵树理小说的审美价值，降低其文学史地位；等等。这样的重评，也受到了"急于成名""学术炒作"" '去政治化'也是政治""挟洋自重""不尊重历史"等不同声音的批评。第四，乡土小说流派、文学社团、地域文化与地域作家群研究兴起。五四乡土小说派、"京派""社会剖析派""七月派""山药蛋派""荷花淀派""茶子花派"等都受到了学术界的广泛关注与研究，较早产生学术影响的论著有严家炎的《中国现代小说流派史》，其对乡土小说流派的界定和讨论，推动了乡土小说流派、社团的研究。20世纪80年代中期，"寻根文学"与地域文化、地域作家群成为研究热点，如朱晓进的《"山药蛋派"和三晋文化》、刘洪涛的《湖南乡土文学与湘楚文化》、逄增玉的《黑土地文化与东北作家群》等，这些著述的出版又推动了地域文化、地域作家群研究。第五，中国乡土小说史的编撰。20世纪80年代中后期至90年代，出版了一批乡土小说史著作，如丁帆的《中国乡土小说史论》、陈继会的《理性的消长——中国乡土小说综论》《中国乡土小说史》等。这些史论著作，是中国乡土小说百年研究的学术积累与集中爆发的结果，同时又进一步推动了乡土文学发展的"史"的研究。第六，中国乡土小说的史料建设，中国乡土小说史上有成就有影响的作家，如鲁迅、茅盾、沈从文、赵树理、丁玲、周立波、柳青、孙犁、刘绍棠、浩然等，都有"全集""文集"和"选集"等整理出版，也都有专门的研究资料的搜集整理与出版。这些史料建设,为中国乡土小说研究,奠定了雄厚而坚实的学术基础。总体上看,这个时期是中国乡土小说百年研究史上最为繁荣,也最有成就的时期。不论其秉持的社会文化思想、文艺观念、乡土文学理论、批评方法、研究方法还是价值取向,都纷繁驳杂,重现出中国乡土小说研究初创与中兴时期曾经有过的多元共存的局面。

21世纪前10年,中国乡土小说研究出现分流与深化,其历史流变与特征依次有:第一,乡土小说理论的新拓展。"自20世纪90年代伊始,在前现代、现代、后现代多元交混的时代文化语境中,中国乡土小说的外延和内涵都发生了巨大变化,如何对它的概念和边界重新予以厘定就成为中国乡土小说亟待解决的问题。"[1] 研究者们对此进行了探索,有的论者提出拓展乡土小说的"边界",将叙述"城市异乡者""进城农民"和"城乡结合部"的小说纳入乡土小说范畴,这不仅在一定程度上突破了传统乡土小说理论的局限,而且还与所谓的"都市小说"发生了交集。乡土小说理论研究拓展的另一个方向,就是梳理中国乡土小说理论思想的历史流变,探寻其中外思想知识资源。面向现实与面向历史的乡土小说理论新探索,这类研究的学术意义是不言而喻的。第二,新世纪乡土小说创作的跟踪研究。新世纪的中国乡村已不再是传统意义上的乡

---

[1] 丁帆等:《中国乡土小说史》,北京,北京大学出版社,2007年,第18页。

村，在急遽的现代化中出现了许多"新因素""新问题"和"新经验"。以之为叙事对象和内容的新世纪乡土小说，从外形到内质都表现出与传统乡土小说不同的特征，出现了"转型"，"转型研究"也正是这个时期中国乡土小说研究的热点之一，如丁帆等的《中国乡土小说的世纪转型研究》；热点之二是对叙述"农民进城"与"乡土生态"的小说创作现象的批评与研究；热点之三是对以西部乡土小说为代表的西部文学的批评与研究，如丁帆等的《中国西部现代文学史》、李兴阳的《中国西部当代小说史论（1976—2005）》、赵学勇等的《革命·乡土·地域——中国当代西部小说史论》等；热点之四是对所谓"小城镇叙事"及"底层叙事""打工文学"中以农民为表现对象的小说创作的批评与研究。另外，以乡村各种"老问题""新问题"和"新经验"为叙事对象的"新乡土小说"也是这个时期追踪研究的热点。第三，"20世纪中国乡土小说"研究的深化。进入21世纪，"20世纪"就成了真正意义上的历史，对"20世纪中国乡土小说"进行比较客观的"历史研究"，就成了本时期的重要课题与新特点。有些研究者对"20世纪中国乡土小说"进行宏观研究，整体把握；有些研究者则进行专题研究，重点深入，如贺仲明的《一种文学与一个阶层——中国新文学与农民关系研究》。比较而言，对"20世纪中国乡土小说"的"历史研究"远不如对新世纪乡土小说的追踪评论与研究那么热闹。第四，中国大陆台湾乡土小说及中外乡土小说的比较研究。对台湾乡土小说的研究，20世纪80年代就有研究者取得了很好的研究成果，如武治纯的《压不扁的玫瑰花——台湾乡土文学初探》；将中国大陆与台湾乡土文学进行比较研究，是20世纪90年代至21世纪最初10年比较受关注的课题，有代表性的研究成果是丁帆等的《中国大陆与台湾乡土小说比较史论》。中外乡土小说比较研究，是百年中国乡土小说研究中长盛不衰的领域。进入21世纪，这一研究领域也有新进展。第五，乡土文学学术史研究。十多年来，乡土小说研究界对乡土文学学术史的研究也在逐步推进，一是对乡土文学学术史的整体研究；二是对乡土文学史上有影响的作家研究的研究，如对鲁迅、茅盾、沈从文、赵树理等作家的研究史的研究；三是乡土小说研究资料的建设。这些学术史研究在中国乡土小说研究史上都具有学术价值和意义。总体上看，新世纪十多年来的中国乡土小说批评与研究，在都市文化的参照下，研究领域不断拓展；研究人员日趋增多，研究视域更加宽阔，研究方法更加多样，跨学科研究的特质也变得更加明显，认知也更为深入和全面。

概观百年中国乡土小说研究史，其上述"阶段性"特征，与百年中国乡土小说创作发展的"阶段性"特征，存在着一定的对应性。这表明，中国乡土小说研究与中国乡土小说创作之间，尽管有区别、对峙乃至隔阂，但对话与互动是相互关系的常态。百年中国乡土小说研究史的"阶段性"特征，与近百年来中国社会历史变迁的"阶段性"特征,也是对应的。这表明,中国乡土小说研究与同步发展的中国新文学一样,受到近百年来中国社会历史发展的深刻影响。中国社会在近百年来的追求现代化的道路上,其在每个历史阶段所面临的社会问题都不一样,由此而自主生发的或者从西方引入的社会政治、经济、文化乃至哲学思想也会有阶段性的变化,这些都会投射到中国乡土小说的创作、批评与研究中,使其在对社会历史召唤的应答中,发生相应的变化。这种应答性的阶段性变化,非常明显地体现在中国乡土小说研究中的基本概念、话语体系、价值取向乃至研究方法等的阶段性变化之上。中国乡土小说研究中的"乡土小说"概念的内涵、外延乃至其"名称"在不同阶段的变化,与其依从的话语体系和价值取向的变化是大体一致的。而中国乡土小说研究中的话语体系和价值取向是多变的,"启蒙"话语及其价值取向,最初出现在鲁迅乡土小说和五四乡土小说的创作、批评与研究中;"二度启蒙"及其价值取向,出现在"新时期"的部分乡土小说创作、批评与研究中;至今,"启蒙"话语及其价值取向,仍然是中国乡土小说创作、批评与研究中极为重要的一脉。"阶级"话语及其价值取向,在二十世纪三四十年代的左翼乡土小说创作、批评与研究中占主导地位;至20世纪50到70年代逐渐发展到极端;20世纪80年代,极"左"思潮的"阶级"话语逐渐遭到普遍的"唾弃"。20世纪80年代中后期以来,与过去年代的"阶级"话语形似而实异的意识形态批评与研究路径，吸引了越来越多的研究者，对中国乡土小说所潜含的政治文化权力、阶级、阶层、性别、民族、殖民乃至后殖民等的发掘，成为研究者们"再解读"的兴奋点。"现代性"话语及其价值取向，在中国乡土小说创作、批评与研究的开创之初即已存在，但成为主导性话语还是近20年的事情。何为"现代性"，不同时期不同研究者们的认识并不一致，因而"现代性"话语在中国乡土小说批评与研究中的运用，存在"人云亦云"和"各说各话"的情况。不同的话语体系和价值取向，对中国乡土小说的艺术形态及其审美要求，也有很大的差别。但不论差别有多大，风景画、风俗画、风情画、地方色彩、异域情调等，通常被看成是乡土小说有别于其他小说类型的形态特征与审美要求。简言之，整体把握百年中国乡土小说研究史，从中可以发现其内在演变规律，也可以看到需要在今后的研究中避免的问题。

中国乡土小说研究之研究，是一种学术史研究，也就是一种特殊的历史研究。研究历史的"史学"，首先是"史料学"。全面搜寻和占有中国乡土小说研究的各种史料，对有疑问的或者重要的史料进行考订，无疑是必要的，是研究工作展开的第一步。科学的或者实证主义的史料工作与"小心求证"不是唯一的，"史学"也是"心灵之学"，没有研究主体的介入，"史学"就会成为"抽取了灵魂的材料堆砌"。[1] 中国乡土小说研究之研究,在充分掌握和考订研究史料的基础上,也会依据我们认为是正确的学术思想和价值观念,进行"史的阐释","以史带论"和"史论结合"仍然是中国乡土小说研究之研究的基本方法。

黄修己在《中国新文学史编纂史》中说:"中国新文学史虽然只是文学学科中的一个小部门,一只小麻雀,但如果解剖得好,也有可能找到历史科学和文学研究的某些特性、某些规律。毕竟中国新文学史的研究、编纂也已有八十多年的历史了,可以考虑下我们的小学科如何对现代学术的发展、进步做大一点的贡献。"[2] 中国乡土小说研究之研究,亦可作如是观。中国是发展中国家,中国乡村社会的现代转型还是一个比较漫长的历史过程,中国乡土小说创作、批评与研究还将持续很长的历史时间。因而,我们所作的中国乡土小说研究之研究,就不是没有意义的。

(原载《当代作家评论》2008 年第 1 期)

---

1 丁帆:《关于建构百年文学史的几点意见和设想》,《文学评论》2010 年第 1 期。
2 黄修己:《中国新文学史编纂史》,北京,北京大学出版社,2007 年,第 10 页。

面对乡土 如何选择

——从作家对乡土文学的观念视角谈起

"乡土"两个字拆分开来，包含着两层意思："乡"既是指一个具象性意味的家乡处所，同时又是一个基层政府意象和组织的象征。这是一个构成乡土社会集合体的前提，它是与农耕文明血脉相连，既具象也抽象的意识存在。然而，一旦其与"土"字相连，它就构成了一种双重含义的能指。"土"一旦成为土地资源就有了人文内涵，成为农耕文明中的社会关系总和——阶级、资源的争夺皆因土地而起。然而，当它成为文学描写对象"泥土"时，便赋予了其浪漫主义的内涵，无论是悲剧的，还是喜剧的，那种阈定了的"泥滋味""土气息"就渗透在文学作品之中。《红旗谱》中那种离乡时手抓一把黄土随身带的土地眷恋情结，便成为中国老一代农民走出家乡、离开乡土时标配的历史镜头。无论你走到哪里，离乡不离情的农耕文明意识形态印痕，深深地扎根在曾经靠土地吃饭的农人们的集体无意识之中。《回延安》里"手抓黄土我不放,紧紧儿贴在心窝上"成为一代又一代小学语文教科书中不可或缺的形象,便是一个民族不可忘却的历史记忆。

但是,人们往往会忽略"泥土"意象背后所隐藏着的另一个巨大而丰富的人文内涵,即几百年来,人类在"泥土"和"水泥"——农耕文明与工业文明的搏战中,土地资源的争夺就成为乡土文学描写的主要背景和景观。从另一个意义上来说,进入20世纪后半期,生态保护意识闯进了人类思维当中后,"泥土"便成为一种重要的文化符号——它成为自然生态的一种象征物,更多了一层后现代的意味。

从上述各个角度来衡量当下的乡土文学,我们就有可能咂摸出更多的文学意味来。

随着"新乡土巨变"写作浪潮的兴起,我们如何从历史的、审美的和人性的视角来看乡土文学在当下的书写呢?我们是否需要拟定一条新的主题路径和审美标准呢?我们的书写形式是否需要更新换代呢?这都是我们必须面对的乡土书写难题。

时代在变,山乡巨变更是毋庸置疑的,但重要的是,旧的乡土中国社会的崩溃所造成的乡土社会中人的文化身份认同已无处可依,新的乡土秩序尚不健全,因此,乡土人在失去土地的空巢里的生活状况应该成为乡土文学,尤其是乡土小说描写的焦点。然而,令人感到沮丧的是,乡土文学,主要是乡土小说，反映当下尖锐生活矛盾的作品越来越少了，从历史题材切入的越来越多了，我们当然知道一个机智聪明的作家是要回避什么，所以，当你看到那些皮相描写乡土题材的小说时，只能哀叹百年乡土小说的沉沦。

一

我们一直说中国乡土小说的黄金年代是鲁迅先生一手实践、一手缔造的"乡土小说流派"。它以巨大的历史内容、高超的艺术手法和人性的呐喊，高度凝练地阐释了五四文学精神。这是中国新文学发轫期铸就的现代乡土文学现代性的基石。这样一种写作规范至今不能逾越，其生命力昭示着乡土文学在相当长的历史时期中还是在这一框架中运行的真理。毫无疑问，20世纪80年代乡土文学，尤其是乡土小说迎来了第二个创作高潮。当时有学者认为它已经超越了鲁迅时代的乡土小说。我们必须承认，在乡土小说创作峰值表上，这一时期的创作数量是大大超越了五四时期；而在质量上，尤其是在主题的巨大历史内涵揭示上，在反讽审美艺术的审美建构上，这一时期的作家都是无法超越乡土小说主将鲁迅的。尽管你可以说，在整个乡土小说创作队伍的比较中，20世纪80年代许多乡土小说作家在巨大的历史反弹中，找到了鲁迅那样观察世界的切口，以及深度思考历史和现实的介入模式；同时，在充分汲取了现代派创作方法时，寻觅到了新鲜的审美形式，尤其是让反讽的审美形式进入了内容的肌理，使之变成了一种文体模式。但是，从个体创作的角度来看，这个时期没有出现超越鲁迅的乡土小说大家。这是当代文学的幸还是不幸呢？窃以为，这是幸运的事情。别的不谈，就鲁迅留下的这个乡土文学所难以逾越的高度而言，它给乡土小说的创作留下的空间恰恰就是中国乡土小说的突破口。当我们进入乡土文学这个巨大的"空洞"时，正是时代和历史留给乡土文学最大的书写财富。

我们站在21世纪的乡土小说创作巅峰上，面对广袤的乡土，面对这个斑驳陆离的世界，让文学再次崛起，无论在选题还是创作方法上的突破，都是刻不容缓的问题。我在20世纪90年代初的一个研讨会上说过一句话：中国文学要得诺贝尔文学奖必定是乡土题材作家，因为我们的文学离不开有着几千年农耕文明的泥土。孰料被言中。

我们的乡土文学还能站在世界文学的巅峰吗？

作家的写作状态和写作观念就成为乡土小说创作最关键的一环，所以，勘察他们的价值动向和审美趣味是批评家所必须厘定的逻辑。为此，我和贺仲明先生一起在《小说评论》上开设了乡土文学的专栏，旨在探求当代作家是如何面对这片乡土社会，以及如何面对乡土文学书写的。

阿来认为，无论是"离乡"还是"归乡"，都是乡土小说题材永远的写作角度。他列举了那个被中国现代文学史所低估了的四川作家李劼人的一篇文章，证明了100年后的中国乡土小说仍然没有逃出这一题材的主题表达,其历史的回声很值得我们思考。作家的思考已经抵达了当下乡土小说创作的本质问题,而批评家还在盲视之中。

阿来以李劼人1924年从法国寄回国的一篇《法人最近的归田运动》文章作引子,提出了中国乡土文学的致命问题:"为什么?工业化,城市化。"100年过去了,法国人的昨天正是我们的今天。正如李劼人所描述的那样:"今年一月中间,法国好多报纸杂志都不期然而然的发出一种共同言论,他们的标题不是'农民之不安',便是'归田之运动',主要论点便是说乡村生活破裂了,法人殷忧正深,势非赶紧救济不可。""由于乡村生活破裂,大多数农人都变作了城市工人的缘故。法国人在四五十年前,工厂业未十分发达的时候,各阶级中以农人占多数的缘故,所以昔日的农产,不但可以自给,并且还有剩余输出;如今就因生活变化,城市吸引力过大,使农人等都不安其业,轻去乡土,机器的利用又未普及,芜田不治者日多,因而才酿出了这种社会恐慌。"因此,阿来认为:"时间距李劼人观察法国乡村不过百年,当下中国,城镇化浪潮由时代驱使由政府提倡,城乡关系发生更深度调整,乡土面貌急剧变化,其间许多状况与症候,却也和李劼人笔下彼时法国的情形何其相像。再写乡土,如何着眼下笔,所得作品,成功与否,怕还得另铸乡土时另铸出与之相应的乡土文学了。"[1]

毫无疑问,当下的时代与百年前的乡土社会相同之处就是,受到了工业文明的冲击后,农民的生存方式和生活方式都发生了彻底改变;而不同之处则是,进入 21 世纪以后,中国的乡土社会又多了一层冲击波,那就是后工业文明的辐射也波及每一个乡村的角落。在田野山沟里,在深山老林里,在江河湖海里,互联网和手机把单一行动的耕作者拉进了无穷无尽的人际圈子内。这就造成了马克思所说的"人的关系总和"最大值在中国乡土社会犄角旮旯中实现的事实。更为值得注意的是,"城乡一体化"并非呈现在城乡建筑的外在风景上,而是根植在每一个社会单细胞的家庭中。虽然农村已然成为空心化的乡土社会,但是每个家庭都有与城市骨肉相连的直系亲属,血缘关系给乡土社会留下了最后一抹瞭望城市夕阳的窗口,乡土社会的血脉已经无血可输。

美国学者诺克林认为:"随着工业革命的来临及近代城市/工业复合体的演化,由城乡对立所具体表现出的价值冲突也变得愈加强烈。城市在丰富的想象力下被看成当代的黑暗之心,一座世俗的地狱——集诱惑、陷阱与惩罚于一身——对强者来说它令人兴奋且富于相当多的可能性,对弱者来说则饱含威胁,它是传统规范的破坏者,新奇事物及无名性的创造者,近

---

[1] 阿来:《我对乡土文学的一点浅见》,《小说评论》2022 年第 4 期。

代混乱、疏离及倦怠无聊等种种普遍疾病的孕育者,这是一座砖、石、烟囱的丛林,其中有贪婪的掠夺者也有外表冷漠的受害人,而社会群体价值及个人情感在都市中遭到的压抑、漠视更是昭昭可见的。"显然,这种两个多世纪前的西方城市疾病已然在中国乡土社会中蔓延。自19世纪到20世纪的文学家正是在这种观念的驱使下,掉转了描写的镜头,"均以其主要角色在田园环境中短暂的闲逸生活为一种'对比角色所住的都市环境里的肮脏、下流'的有效机制"。[1] 我并不认同诺克林的观点,在历史巨变的文明历程中,工业文明虽然张开了它的血盆大口,吞噬着田园牧歌式的农耕文明,但其毕竟也是人类历史的进步。正如恩格斯在《路德维希·费尔巴哈和德国古典哲学的终结》中所说:"在黑格尔那里,恶是历史发展的动力的表现形式。这里有双重意思,一方面,每一种新的进步都必然表现为对某一神圣事物的亵渎,表现为对陈旧的、日渐衰亡的、但为习惯所崇奉的秩序的叛逆;另一方面,自从阶级对立产生以来,正是人的恶劣的情欲——贪欲和权势欲成了历史发展的杠杆,关于这方面,例如封建制度的和资产阶级的历史就是一个独一无二的持续不断的证明。"[2] 然而,我们也不能不

---

[1] [美]琳达·诺克林:《现代生活的英雄——论现实主义》,刁筱华译,桂林,广西师范大学出版社,2005年,第186—187页。

[2] [德]恩格斯:《路德维希·费尔巴哈和德国古典哲学的终结》,见《马克思恩格斯选集》(第4卷),中共中央马克思恩格斯列宁斯大林著作编译局译,北京,人民出版社,2012年,第244页。

看到，乡土所遭受的攻击不仅仅来自工业文明的侵袭，同时那个死而不僵的封建主义的阴霾也没有在中国乡土社会中消逝。也就是说，经过工业文明和后工业文明历史杠杆撬动下的新农村，封建意识形态并没有完全烟消云散。所以，无论是"离乡"还是"归乡"题材的作品，作家书写的价值观一定要清晰，哪怕在你的笔下把观点隐藏得很深，也是对新乡土题材作品的历史审美的贡献。

当然，对于那些早早从农村迁徙到城市里的"侨寓作家"而言，就像100年前的李劼人那样洞悉到了工业化和城市化的历史进程必将带来农村人口大迁徙的大潮，他们在农民还被户籍制度牢牢钉在泥土上的时候，就逃离了故乡和土地。在20世纪90年代初的一次"中德乡土文学研讨会"上，莫言和刘震云都相继发表了他们仇恨乡土、逃离乡土的观念，回应了这个乡土眷恋的世纪难题。然而，当时我并不能理解，还专门写了一篇文章提出不同意见，但随着波澜壮阔的"乡下人进城"大潮的到来，我才醒悟过来，中国生长在泥土里的农民渴望进城的愿望说到底还是一个文化身份认同的问题。那时的我，亦如恩格斯评价写《城市姑娘》的玛·哈克奈斯看伦敦工人阶级的生活状况不够现实主义一样，天真幼稚。

从这个角度来说，在与阿来几乎是同题的文章中，毕飞宇说自己是一个乡土文学的终结者是有道理的。和莫言、刘震云一样，他们在离乡背井后考虑的是将乡土文学进一步升华的哲学问题。所以,毕飞宇的参照系是鲁迅对那个土地上的人的"国民性"的关心。这个问题要比他对小说中的浪漫主义色彩的风景画描写更为重要。当然,风景画显然是不能与乡土小说画等号的,正如毕飞宇在文中所说:"作为一个洞穿了中国农民与中国乡村的作家,有一个问题我们就必须要面对:鲁迅先生描绘了农民和土地的关系否?不能说一点没有,我们大体上可以把祥林嫂作如斯看。但总体上说,鲁迅并没有在农民和土地的关系上做出过多的表达。""鲁迅先生没有过多地纠缠农民与土地的关系,他的话题要巨大得多,鲁迅的问题在'土地之上',也就是中国农民的精神,或曰,中国人的精神。大体上说,鲁迅是民族主义的。德勒兹在《什么是哲学》里十分武断地指出:'概念需要概念性人物来帮助规定自身的属性',那么,在鲁迅眼里的我们这个民族'自身的属性'——民族性——具体体现在这样的一串'概念性人物'身上——阿Q、祥林嫂、孔乙己、闰土、华老栓、九斤老太他们既是人物也是概念。鲁迅委实是一个形而上的作家,这是鲁迅的局限,更是鲁迅的光荣。"[1] 的确,正是我们的乡土小说轻忽和舍弃了这种看似"概念性人物",才使得近百年来的乡土小说处于失魂落魄的叙述语境之中。从这个意义上来说,重拾"概念性人物"仍然是一个艰巨的任务。

---

[1] 毕飞宇:《关于乡土文学的一点浅见》,《小说评论》2022年第6期。

同样是像北方作家走出"黄土地"进入城市那样,毕飞宇从苏北平原的水乡中来到了旧都南京,城市和乡村生活背景的转换,让他有了一个全新的观察视角,在城市的参照系中,再去看乡村,当然意味就大不相同了。作为"侨寓作家",让自己的作品从形下到形上,从而进入哲思层面,这种从形象到抽象的过程,是乡土作家必须经历的哲学思考的洗礼。唯有如此,再进入形象描写时,他就有了十分的底气。我将这种过程称为"二度循环"的艺术创造过程。从这个角度来说,提炼土地中的农民意识和农民精神,让他们以饱满鲜活的形象活在自己的笔下,才是乡土小说创作的精魂所在,才是"概念性人物"出窍之时。因此,毕飞宇提出的前提"只要农民与乡土的关系不再有效",正是所有人关心的事情。显然,衡量这个前提的标准就是"在乡"和"离乡"。生存语境决定了作家笔下人物的乡土属性,这个问题纠缠着许多乡土作家,恰恰就是在这一点上,正是乡土文学新的题材突破口——凋敝冷寂的山村水乡和包围着它的厂房,成为乡村特有的风景线。那里有着许许多多苦苦挣扎的农民身份的老年居住者和留守儿童,即便是用非虚构的乡土写实进行速写和素描,也具有强烈的现实主义的表现力。难道这仅仅是资本造就的恶果吗?人性才是作家需要思考的第一前提。

就我个人的观点而言,我认为鲁迅的乡土小说并没有离开土地的描写,那个土地是广义的意象和物象描写,除去农村的景物描写外，场景描写也凸显了人与土地的关系：鲁镇、土谷祠、咸亨酒店、祠堂等。鲁迅正是要从这个乡土场景滥觞中突围出去，把笔触延伸到国家和民族文化身份认同的广度和深度的哲理中，从而引导国民抵达如毕飞宇所说的这个已经取得中国百年艺术审美共名和共鸣的"国民性"表达的必由之路上，否则他们的乡土小说就无所依靠了。从这个意义上来说，毕飞宇最后三句深刻的结语正是我想延续表达的前半段。尽管我在以前的文章中已经说过类似的话，但如今在作家群里觅到了知音，必变着法子再说一次。我想延续下去的话是：哪一天鲁迅乡土小说中的人物都已经在这个时代死去，亦如当年阿英（钱杏邨）幼稚地说"死去的阿Q时代"那样，那么，这才是乡土小说真正终结的那一天，也是鲁迅作品只存在文物意义的那一刻，中国才真正进入了一个新的时代。

二

在浪漫主义乡土小说中，迟子建认定的乡土就像风景画艺术理论家肯尼斯·克拉克概括的"事实风景"那样执着。迟子建认为："一个作家命定的乡土可能只有一小块，但深耕好它，你会获得文学的广阔天地。无论你走到哪儿，这一小块乡土，就像你名字的徽章，不会被岁月抹去印痕。不可否认的是，我们熟悉的乡土，在新世纪像面积逐年缩减的北极冰盖一样，悄然发生着改变。农业现代化和城市化进程，产生了农民工大军,一批又一批的人离开故土,到城市谋生,他们摆脱了泥土的泥泞,却也陷入另一种泥泞。乡土社会的人口结构和感情结构的经纬,不再是我们熟悉的认知。农具渐次退场,茂盛的庄稼地里找不到劳作的人,小城镇建设让炊烟成了凋零的花朵,与人和谐劳作的牛马也逐次退场了。供销社不复存在,电商让商品插上了翅膀,直抵家门。这一切的进步,让旧式田园牧歌的生活成为昨日长风。"[1] 作为一个带有浪漫主义书写气质的作家,对于日益衰败的田园牧歌的深刻眷恋,应该成为其乡土文学创作永远不能抹去的抒写内容,当然,这样的抒写可以是颂诗般的浪漫描写,也可以是悲情浪漫主义的长歌抒写,这完全取决于作家审美风格和题材的选择。这种"梦境游"被英国人称为"画境游",他们是从华兹华斯"湖畔诗派"那里找到灵感的,其被冠以"风景诗"之名头,想必也是有道理的。尽管这种描写方式和鲁迅笔下"安特莱夫式的阴冷"风格大相径庭,它没有鲁迅作品所包含着的巨大历史内涵,以及对人性的深刻审视和具有反讽意味的启蒙意识,却也不失是一种对人类灵魂抚慰的安魂曲:"黄金时代的牧歌服务于怀旧和乌托邦的目的。怀旧牧歌的感情冲动与对儿童时代理想化的记忆有关。"用塞缪尔·约翰逊的话来说,就是"展现了一种生活,我们已

---

[1] 迟子建:《是谁在遥望乡土时还会满含热泪》,《小说评论》2003年第1期。

经习惯了它与和平、闲适和天真联系在一起"。[1]

毋庸置疑,作为一个国家和民族意识的认同,以及个体无意识的文化身份认同,乡土文学对于深深扎根在个体心理暗陬中的农耕文明情结形成了民族文化的集体无意识,世界文学尚如此,中国文学也不能例外。在这里,我要强调的是,我所说的中国乡土文学的"风景画""风俗画"和"风情画"是一个广义的概念,它被镶嵌在"中国风景的巨大画框之中",既可以是现实主义和批判现实主义悲剧描写,也可以是浪漫主义田园牧歌的风景诗描写。从这个意义上来说,"三画"描写就是克拉克所认为的那种"沉思者的消遣",是在纷乱的世界里寻觅"静穆主义的征兆"。这是人类解脱"事实风景"的现世痛苦,试图进入一种"幻想风景"的精神通道。正像克拉克分析乔尔乔内《拉斐尔之梦》一样:"在这里,人类与自然之间的和谐的最高阐释者提醒我们,神秘而邪恶的力量存在于我们心中的分量不亚于在自然之中,并总是等待着毒化我们爱享乐的宁静美梦。"[2] 所有这些,我想表达的观点是——无论人类和世界进入了一个什么样的时代,乡土文学都是需要表现人性的正反两面,而且需要用多种不同艺术形式写出两种不同美学取

---

[1] [英]马尔科姆·安德鲁斯:《寻找如画美——英国的风景美学与旅游,1760—1800》,张箭飞、韦照周译,南京,译林出版社,2014年,第8页。
[2] [英]肯尼斯·克拉克:《风景入画》,吕澎译,南京,译林出版社,2020年,第55页。

向的人生悲剧与喜剧来。作为批评家，我们不能根据自己的喜好来颂扬和臧否不同风格的写作，因此，对于失去田园牧歌乐园的低回惆怅风格的描写，我们应该站在抵御现代文明在其发展过程中留下的人性创伤的角度，去理解那种"沉思的消遣"者内心深处的精神高地，给这样的抒写留一片辽阔纯净的天空。

所以，我们也应该允许同样是一直坚持浪漫主义抒写的张炜，始终坚守住他那一片深耕了几十年沃土的初心。虽然他还沉浸在"古船"的传统意象之中，作为当代古典夕阳中最后一道风景的描写者，他主张："当代'乡土小说'在某一层面获得了口碑，或有扎实用心的作品。但在文学和思想含量（假如可以量化的话）方面，在更为纯粹的专业评判方面，得分不宜过高。对这部分作品的过高估计和评价，多为评鉴失准，极可能是审美力缺失，或者没有抵达诗学研究的高度所致。诗学研究之深邃复杂，与一个时期的大众接受、与市场化，许多时候是极不对榫，甚至是极为矛盾的。最终决定一部文学作品之价值，仍然还是文学与思想的含量，是审美价值，是能够接受时间的考验。这一切都要从诗学研究的意义进入，然后才能把握，才有意义。"[1] 是的，审美力的缺失的确是乡土小说的致命病根，但是，如何冲破阈定思想的囚笼，让乡土小说释放出

1　张炜:《乡土小说:表达与界定》，《小说评论》2022年第2期。

最大效应的美学功能,恐怕并不是谁能够主宰的。然而,如何接好诗学与思想的卯榫,则是小说家必须面对的问题。其实,诗学之美的问题似乎并不难,关键就在于思想如何安放在审美书写的语境中。其实,恩格斯早就给出了答案——思想观念越隐蔽,对于作品就更好。艺术本身就是戴着镣铐跳舞的行为,在时代铸就的躯壳里是需要作家自行独立思考和选择的。

刘醒龙的观点在某个层面对这个问题进行了回答:"在乡土中,乡的出场总是带着主观色彩,土则不同,不管有没有乡,土一直在场,因为土是有山有水,有草有木,有骄阳如火,有寒风如刀,有耕种与收获,有日日夜夜永不停歇的死死生生。这样的乡土之土,是我们的母亲大地。其实,文学意义的乡土,乡与土是不可分割的。只是有鉴于某些人了过分自我的乡,随了过分自我之俗,才生生地拆开来说。就像小区里半生不熟的人在说,如果感情太丰富不找个地方安放就会泛滥成灾那就养只狗吧!有些事,有些人,包括这里说的乡土,就是常被说成是这样的。没有谁能够将天下山水全部用钢筋混凝土进行改造,所以乡村的未来是天定的事。属于文学的乡土,也会拥有属于乡土自身的莫大生态。文学要做的,也是能做的,无非是用人人都会有所不同的性情之乡,尽可能地融入浩然之土。"[1] 也许,中性客观的表达不失为一个较好的审美选择吧。

---

[1] 刘醒龙:《彼为土,何为乡》,《小说评论》2022年第5期。

刘醒龙把"乡"和"土"拆解成两个字，一下就说出了作家在场时所秉持的价值立场问题——"无非是用人人都会有所不同的性情之乡，尽可能地融入浩然之土"。作家坚信的是乡土世界不会被人类文明所消灭，退一万步说，即使消灭了，它也永远留在人们的记忆之中，就看你如何书写了。乡之于土，土之于乡，就是人类祖祖辈辈梳理出来的那种土地母亲与人的关系所在。五四时期对乡土文学所谓"地之子"的概括，就决定了这种文体的传统属性。关键就在于作家如何与大地母亲去"分享艰难"。

因此，我们无法避开的是：如何面对沉沦的乡土社会发出自己的声音，如何选择自己独特的表现方法去还原当下的真实世界，如何给文学的真实性一个满意的答案。

三

当阎连科把乡土文学又拉回到一个沉重的话题之中时，我又一次感到了乡土文学的危机感时时在敲打着作家和批评家的灵魂。我们能够在历史的、人性的、审美的维度上为乡土文学世界贡献些什么呢？

阎连科在列举和检视了中外古今，尤其是这几十年来许许多多抒写乡土的作家和作品时，诘问："乡土把聊斋丢到哪儿了？"其中之奥妙的确发人深省：

"聊斋"作为词汇、概念、主义在乡土和乡土文学中从来没有丢,甚至比"红楼""水浒"作为词语、概念出现的频率都要高,但真正从当代作家作品的内部去找寻聊斋的文学精神时,却很难说哪个作家的作品真正继承并丰富了聊斋的想象和浪漫——我所理解的这种想象和浪漫,不简单是狐仙妖异、动物植物可以幻变为人到了人间来,而是《聊斋志异》中非人的人和人的互动、共生和对人的苦难的拯救与抚慰。这才是聊斋的独有和精髓,是聊斋精神成为写作中的"聊斋主义"吧。当格里高尔一夜之间变成甲虫后,我们看到了法国作家埃梅和舒尔茨、博尔赫斯、马尔克斯、卡尔维诺们的写作中,东方与西方、现代与古典的相通和相连,也看到了中国的《山海经》《搜神记》《聊斋志异》等,尤其《聊斋志异》的491篇小说中,有一百八十余篇鬼为人,八十余篇狐为人,将近二十篇的其他动物、植物、虫豸变为人的"变形记"。这种东方与西方、古典与现代的"变形记",彼此联系的不仅是蒲松龄让动物或鬼成为了人,卡夫卡、舒尔茨、马尔克斯和卡尔维诺们,让人在几百年后又返祖成为动物的反转与文学圆环的对接或对应,而是在这千年的写作中,我们从来都没有断绝过的——

文学的不真之真之写作。

蒲松龄恣意汪洋地写出了属于他和整个中国文学的不真之真实。

而20世纪那些充满探求精神的作家们,在他们诸多的探求中,有一条隐秘的隧道就是不真之真之探求。是这种不真之真把东方与西方、古典与现代,无形无踪地串联起来了。说今天的文学丢失了聊斋的精神,是说我们的写作除了从生活的经验走向故事的真实,从想象的真实走向文学感受的真实外,我们忘记了还有一条文学的路道是——写作是可以从完全的"不真"走向真实的。[1]

这个"隐秘的通道"使我想起了我在2003年《文学评论》第3期上发表的《论近期小说中乡土与都市的精神蜕变——以〈黑猪毛白猪毛〉和〈瓦城上空的麦田〉为考察对象》的文章。我以为阎连科试图以刘根宝这个近似于阿Q式的人物构成对整个社会国民性的反讽,让我们在有关人性的描写中寻觅乡村社会生活的症结所在。我在20年前这样说:"21世纪的中国与90年前的五四时代已不可同日而语,在现代社会形态渗透于乡土生活的时候,以官本位为核心的乡土宗法势力却仍有市

---

1 阎连科:《乡土把聊斋丢到哪儿了?》,《小说评论》2022年第3期。

场。阎连科在农村的日常生活里,敏锐地捕捉到了时代巨变中那未变的部分,用一个变形故事作载体,再现了现代知识分子的启蒙传统,用黑色幽默的笔触又一次掀起了'鲁迅风'。但这决不是简单的话语重复。当作品的人物已经变成比阿Q还要麻木,还要悲哀,还要可怜,还要不争,还要不幸的'虫豸'时,人们还能保持那份写作的矜持与阅读的潇洒吗?还能沉潜于纯客观的'零度情感'的冷漠游戏之中吗?"[1] 说句老实话,阎连科在谈"聊斋"的文学真实性指向的潜台词,仍然是曲不离口的作家人性深处的良知问题。

这些场景又让我想起了鬼子的中篇小说《瓦城上空的麦田》。这篇小说"将聚焦对准这一层人物的生活状态,放大了他们变形的灵魂,以及对这个世界的叩问!鬼子的创作终于从追求空洞的技术层面上回到了对人性的关注。同样是用近于黑色幽默的艺术手法来表现荒诞,但是,作品写出了乡土社会迁徙者与都市文化发生碰撞时灵魂世界的至深悲剧"。"李四是什么?李四就是漂游在城市上空的'死魂灵'!他们想融入这个高度物质文明的'现代的'或'后现代的'都市里去,成为安装在这庞然大物中的一颗小小的齿轮与螺丝钉。但是,这个被

---

[1] 丁帆:《论近期小说中乡土与都市的精神蜕变——以〈黑猪毛白猪毛〉和〈瓦城上空的麦田〉为考察对象》,《文学评论》2003年第3期。

物质所麻木了的城市却永远拒绝了他们。作者给李四安排的第一次'错死'还具有喜剧效果，但主人公最后的自杀使人毛骨悚然。因为第一次'错死'，李四们真正看清了这个城市是拒绝亲情、友情和爱情的，尤其是传统的'乡村情感'只能遭到嘲笑、谩骂与拒斥。其实，比阿Q还要阿Q的李四至死也没有弄明白他的三个儿女为什么拒绝亲情。道理很简单，李四的身份证丢了，他在这个城市里已经没有了证明自己的身份依据。作者用这个象征性的'道具'，为李四开出了'死魂灵'的'身份证'！作为城市的'边缘人'，李四企图在物质化的城市里找回属于他的那份'乡村情感'，而现实生活却给他以致命的打击。"[1]

一个没有身份认同的"死魂灵"游走在城市与乡村之间，也就是说，鬼子思考的是：同时失去了城市和乡村双重文化认同的人，如同行尸走肉一样，在鬼和人之间寻找自己灵魂的栖居地。这个象征不仅仅是人的问题，同时也是社会文化的一种艺术性的隐喻。

20年过去了，这样深刻思考乡土文学反映生活本质的作家作品还有多少呢？也许这就是阎连科绕了一个大弯子所要表达的"写作是可以从完全的'不真'走向真实的"意图吧。

---

[1] 丁帆：《近期小说中乡土与都市的精神蜕变——以〈黑猪毛白猪毛〉和〈瓦城上空的麦田〉为考察对象》，《文学评论》2003年第3期。

其实，这样的道理有思想的作家是懂的。毕飞宇尽管在行文中也是在曲里拐弯的大街小巷里来回穿梭，最后的概括总结却让人会心一笑："中国曾经是半殖民地（笔者认为，似乎"半封建"这个词不能删除），在 20 世纪全球性的民族解放运动的过程中，伴随着现代汉语的进程，我们获得了民族的独立。获得独立的中国最终拥抱了世界。殖民——拥抱，这就是过去一百年里发生在中国乡土上的两件事情，也是我们与世界的两种关系。在拥抱的这一极，我们的乡土文学到底会呈现出什么样的可能呢？这取决于我们的热情，也取决于我们的胳膊，我们的胳膊还能体现出我们反殖民时期端起的汉阳造的那种力量么？"[1] 是的，我们的乡土社会封闭得太久太久，虽然窗户早已打开了近百年，但是乡土山村空气里飘荡着工业文明的废气，封建的气息和后工业的气息同时混合弥漫在乡间小路和河沟港汊中，田园牧歌不再，环境污染成灾。风景画的天空已然失色，我们的作家在画布面前彷徨徘徊，我们将向何处去？

肯尼斯·克拉克的告诫响在耳畔："我们是否可以通过再次创造一个封闭花园的形象来逃避我们的惧怕感呢？不能。艺术家可以逃避战争和瘟疫，但他不能逃避思想。""作为一个过时的人文主义者，我坚信这个世界的科学和官僚主义、原子弹

---

[1] 毕飞宇：《关于乡土文学的一点浅见》，《小说评论》2022 年第 6 期。

和集中营统统不会完全毁灭人类精神；而人类精神总会成功地以一种可见的形式体现出来，至于那将是一种什么样的形式，我们却不能预言。"[1]

这一段话作为《风景入画》的最后结语，是一个艺术批评家对这个纷乱的世界发出的犀利的呐喊。把它送给从事乡土文学创作和批评的这群人是不错的箴言，当然，送给一切从事人文工作的人，也是十分合适的。

（原载《当代作家评论》2023 年第 1 期）

1　［英］肯尼斯·克拉克:《风景入画》,吕澎译,南京,译林出版社,2020 年,第 79—80、225—226 页。

访谈：关注乡土就是关注中国

舒晋瑜 丁　帆

时光追溯到40年前。

20世纪70年代末，当《文学评论》编辑部找到丁帆，希望他能选择一位作家进行跟踪评论的时候，丁帆毫不犹豫地选择了贾平凹。他说，贾平凹是一个鬼才，这个人将来会有出息。

此后，他在《文学评论》上发表了评论贾平凹的文章。一路跟踪至今，近来也依然谈贾平凹，也依然是在《文学评论》，丁帆再次发表关于重读贾平凹《废都》的体会，作为文学史的二次筛选。他认为，《废都》写了整个中国知识分子的思想的裂变、精神的分裂，是用性的外衣来包裹着的作品。任何国家的文学的高度，都是由它的长篇小说来决定的，而长篇小说好坏就决定于它对这个时代的脉搏的把握是否准确。

这篇评论稿尚未刊出,就已传到贾平凹处。贾平凹说,他读得很快,停不下来,手一直在抖,他读得很激动。

"我觉得写得好,一是他站得高,以一个文学史家的眼光,从中外古今的文学中来展开论述,立意高,故有极强的说服力。二是文章的本身,充满激情,无枯滞和硬写之痕,很有雄辩味道。三是其中许多观点是20年来评论《废都》的文章中未出现的,独到深刻。此文虽是评我的《废都》,我读出了对我的诸多启示。"贾平凹为此感谢丁帆,也由此认识了这样一个大评论家、文学专家的真正厉害。

其实,作为中国现代文学研究会会长、南京大学的博士生导师,丁帆还有作为学者的"厉害"。从1970年代末开始学术生涯,关注学术界与现实社会中的若干变迁,在历史行程中读书治学,他的个人思想和情绪和着时代的脉搏跳动,一直维系学术与现实之间的亲和感,既保持对生活的热情和对新鲜感性经验的敏感,又保持学术研究的饱满的激情和开放性。

更值得一提的是,无论是钻研学问还是率性的随笔,丁帆的文章都有一个"真实"的"我"在。"真实"不是指丁帆个人的见闻实录,"我"也未必就完全等同于丁帆本人。他在学术论文或者散文、随笔中所表现的,是各种历史的和现实的条件所造就的"我",正如阿伦特《人的境况》一书所谓的"处境的存在者"。阿伦特指出"任何接触到或进入人类生活稳定关系中的东西,都立刻带有了一种作为人类存在境况的性质",

我个人所体认的学术和现实正是这样一种性质的存在。

他的随笔写作是和学术研究互为表里,体现出人文知识分子的道德勇气和人生智慧。他认为,营造一个使人可以诗意栖居的人文环境是我们无可推卸的责任。

年轻的丁帆热衷于诗歌和小说创作。1978年,丁帆写过一个反映农村题材的小说《英子》。如果发表了,丁帆肯定会走上创作道路。但是因为当时《北京文学》杂志的主编认为调子过于灰暗被毙掉,从此转向学术研究。

舒晋瑜:作家走上创作的道路并非都是一帆风顺,退稿也属正常,为什么对于您来说,退稿有如此大的作用,竟然中断您在文学创作上继续前进的可能?

丁帆:是的,下乡插队时就开始做文学梦了。但是,我们这一代人所汲取的文学养分既是多元的,又是分裂的,一方面是红色经典的熏染,像"三红一创"、《三家巷》《苦斗》《铁道游击队》这样的国产化的小说成为正统的主菜单,但是比这个档次更高一些的红色经典则是苏联的二战题材作品,无疑,对我们那一代人影响最大的当然就是《钢铁是怎样炼成的》那样的英雄主义作品,我们的"英雄情结"就是在"战歌"声中形成的。还有一个让人习焉不察的"英雄主义情结"汲取渠道就是中国传统话本小说的滋养,《水浒传》《三国演义》《三侠五义》《七侠五义》等江湖侠客气,却是在这样的话本小说中偷来的。

而另一个启迪我们的文学意识的作品是欧美名著,说实话,"文革"前的"十七年",我们并没有把注意力集中在这一块,因为,我们只是在小学和初中阶段,认为那些作品都是些男女卿卿我我的苟且之事描写,与英雄无关,倒是在 1966 年的"破四旧"运动中,我们在轰轰烈烈焚烧"封资修"图书的火光里,隐隐约约看到了这些图书的价值所在,所以,那时"偷书",尤其是偷这些"黄色书籍"成为我们这一代青少年的时尚风气,明目张胆在火中取书者有之,在垃圾堆里捡书者有之,然而更多的却是去图书馆资料室"窃书",那时才是真正的"偷书不为窃"的时代呢!《牛虻》《红与黑》《茶花女》《名利场》……那便是我们插队期间的精神主食。所有这些五花八门的文学营养,造就了我们这一代人价值观的分裂与悖反。

开始写诗歌和短篇小说是在插队期间,后来在扬州师范学院中文系时还创作过中篇小说,不过那时我的价值观尚处于一个混沌的状态,一方面是要迎合时代的主旋律,另一方面,又想写出一点与众不同的小说,我至今还清晰地记得,当我拿到 1977 年第 11 期《人民文学》时,上面刘心武的《班主任》让我感到十分吃惊,于是又开始写那种"灰色基调"的小说了,把六年插队生活浓缩成了一部"苦难+恋爱"的短篇小说,投向了当时有名的《北京文学》,当然,这之前我写过许多小说投过各个省的文学杂志,换来的都是编辑一顿赞扬而不用稿的谆谆教导。而这次《北京文学》的责任编辑来信告诉我二审通过，只等主编终审了。那时我欣喜万分，激动不已，但是最后等来的却是终审判处死刑的通知。于是万念俱灰，便下定决心结合现当代文学教学做研究工作算了。

去南京大学进修一年，一年期间我天天泡在图书馆资料室里，读了大量的资料，也写了好几篇评论文章，其中一篇《论峻青短篇小说的艺术风格》投给了顶级的学术刊物《文学评论》，可见当时的野心有多大了。谁知道在编辑的反复修改意见督促下，文章竟然在 1979 年的第 5 期上发出来了。近 40 年来，每每回想起这段文学历程，真的是十分感慨，倘若《北京文学》发表了那篇如今看来是十分幼稚的"灰色作品"，我的文学创作之路不知能够走多远？但是，自那一篇文学评论处女作发表以来，我则永不回头地走上了文学评论和文学批评的不归路，虽然我始终是把自己定位在一个二流批评家和评论家的坐标位置上，但毕竟在这条道上坎坷不多。历史往往是十分吊诡的，我不知道如果走上文学创作的道路，自己有着怎样的前程。

舒晋瑜：您是 1979 年在《文学评论》上发表评论峻青短篇小说的艺术风格及贾平凹小说的艺术描写等等，那个时期您的文学批评是怎样的风格？

丁帆：那个时期正处于思想解放的时间节点上，南京大学人文学科也是在"实践是检验真理标准"的思想大潮的涌动之中,我每天都与董健老师在教研室里讨论着许许多多文化和文学的思潮、现象,包括对当时许多"伤痕文学"的评价,那时出现了许多为"文革"中被打压下去的作家作品翻案的文章,这时候我就很快写就了《论峻青短篇小说的艺术风格》一文,寄给了《文学评论》,没有想到的是责任编辑杨世伟先生亲自南下到南京大学来与我谈修改意见,让我十分激动,文章发在第5期,那时的《文学评论》只有不到一百页,薄薄的一本杂志犹如千斤重。那时我对布封的"风格即人"的观点十分激赏,读了自亚里士多德以降的各种悲剧美学理论,包括尼采、叔本华的悲剧理论,加之以前上课学习的马克思悲剧历史观,虽然只是皮毛性的理解,但是毕竟有所启迪。总的批评风格大抵是马克思主义的批判现实主义的。

舒晋瑜:那个时期的文学氛围非常纯粹,不知道您最初写文学批评的文章,是出于怎样的心态?

丁帆:最初写批评文章完全的处在高校的教学前沿,倘若想在讲台上站住,没有自己的评论文章为资本,不仅同事看不起你,就是学生也不服你,况且那时候的学生有的岁数比我还要大。有了文章,你站在讲坛上就有了底气,也不会仰视作家作品了。心态虽然并不高大上,但是心里就是这么想的。

舒晋瑜：您受马克思和别林斯基的批判精神影响最大，能具体谈谈是怎样的影响吗？

丁帆：上大学的时候，马克思主义文学理论是我们的主干课程，许多阐释性的纯理论在十分堂奥的欧式译文语句中变得如此难懂，我们只得找到一些简洁明快的语录作为适用性的引文，有点拉大旗作虎皮的味道，当然，我更喜欢的是像《致拉斐尔·济金根》和《致玛·哈克奈斯》那样结合作品来谈理论的马恩文论。那时接受的是苏联的文学理论体系，别林斯基、车尔尼雪夫斯基、杜勃留洛波夫斯基的选文是纳入文艺理论阅读文章的。至今我保存着一本精装本的毕达柯夫的《文艺学引论》。那时我把别车杜当成一回事，认为都是一个体系的无产阶级文学理论家，后来真正接触到了"黄金时代"和"白银时代"的俄苏文学，并深入了解了那时的文化和文学背景后，才知道他们之间有着巨大的差异性。别林斯基文学评论的批判性、独特性和尖锐性，以至于那种毫不留情的追求真理与良知的价值观深深地感动着我，让我们这些所谓的批评家汗颜。

舒晋瑜：关于自己的知识系统和思想背景，您愿意如何归纳？

丁帆：我们这一代，不，应该说是几代学者的知识体系是残缺的，喝着"狼奶"长大的学者，倘若不去反思和检查自己的已经获取的知识思想中的病灶，并对其进行修正，就会永远陷入在一种平面和固化的知识体系里而被历史所淘汰。所谓归纳，就是一种对格式化的旧知进行优化与重新刷新，以及对新知的鉴别与吸纳。

舒晋瑜：您认为自己的批评思想资源有哪些？

丁帆：马克思主义的批判哲学、中国古代和现代批评、西方古典文学批评、西方现代主义的各种新批评，以及其他人文学科的各种研究方法，尤其是社会学和心理学的方法，都是我参照的资源。尽管都是一些肤浅的认知，都是经过吸收与消化，都会成为自己文学批评的工具，当然对其方法之外的思想价值却是要进行鉴别与修正的，化为自身的批评价值观。反正对一切文学艺术思潮流派都去了解他们的方法和思想，我为博士生开的书单当中首先就是那本《西方文论关键词》，只有了解它们，你才能成竹在胸。

舒晋瑜：早在20世纪80年代中期，您就提醒自己规避有"术"无"学"的学术研究，恪守文学批评的独立品格。这在当下文坛似乎很难做到。您是怎么要求自己，又是如何做到的？

丁帆：所谓的"有术"就是对形式层面工具性和器物性的方法的掌握和运用，光有这样知识体系的理解和运用是远远不够的，而"有学"则是在吸收知识的过程中，将其重新锻造成具有自己独特个性的批评价值观念和话语体系，成为有自洽性的逻辑体系，达到这个高度十分艰难，但这是每一个批评者追求的目标，尽管我做不到，可是我努力地接近它。

舒晋瑜：关于自己的治学道路，您愿意做怎样的阶段性划分？

丁帆：如果进行机械的划分，似乎有点牵强，但是大体的阶段还是可以标示出来的：20世纪的70年代接受的是马列文论和鲁迅文学批评思想，以及苏联的文艺理论和弗洛伊德的心理学理论；80年代开始大量吸纳西方各种各样现代文化理论和古典文学理论，尤其是对尼采的悲剧理论情有独钟；90年代开始对后现代文化理论进行了解；新世纪以来开始对西方消费文化和商品文化理论进行了解与甄别，试图在其历史的必然性中进行批判理论的建设。

2014年，中国现代文学研究会第十一届年会在南京召开，丁帆当选为中国现代文学研究会会长。谈到学术界的问题，他坦言急功近利、浮躁肤浅、趋名趋利是学界的普遍现象，这不仅仅是现代文学界存在的弊病。

舒晋瑜：您担任中国现代文学研究会会长之后，做了哪些事情？

丁帆：做这个会长是勉为其难，我何德何能？但学界各位同仁对我的信任，让我不得不考虑为大家做一点实际有效的工作，所以，任职以来，我规划了每年一度的中国现代（含当代）文学的研究分析报告，与我的助手（学会的副秘书长赵普光）一道撰写分析报告，这样的分析报告有助于学界同仁站在一个高度来反观自己的学术研究格局，以利于适时地调整自己的研究路径。最近我们又进一步做了关于国家社科项目和教育部人文社科立项项目研究的分析报告，旨在为同仁们提供一幅全国研究格局一盘棋的鸟瞰图，这些工作我们将不断进行下去，我的脑子十分清醒，一个学术团体的存在方式就是为大家提供一个研究和交流的平台，而这个平台上的负责人要做的工作就是为大家提供服务。

舒晋瑜：您如何评价中国现代文学研究中存在的问题？

丁帆：急功近利、浮躁肤浅、趋名趋利是学界的普遍现象，这不仅仅是现代文学界存在的弊病，也不是个别学者的行为，反躬自省，包括我自己在内，似乎再也回不到80年代那种板凳坐得十年冷的治学境界当中去了。这种可悲的现象让我们的学术质量普遍下滑。这个关键问题不解决，什么都是空话。

丁帆认为，走向城市已经成为人在物质生存状态中的必然选择。作为一首对农耕文明礼赞的无尽挽歌,作家能够看清楚这种文明的颓势,将会给一种新的文明提供一次进步的机会,就是文学理念的巨大历史进步。

舒晋瑜：中国乡土小说研究在您的学术研究中也是一个重头项目。从1988年拿到中国乡土小说研究的国家项目,1992年初版的《中国乡土小说史论》到《中国乡土小说的世纪转型研究》,2007年修订出版了《中国乡土小说史》,2001年和2013年先后出版和再版了《中国大陆与台湾乡土小说比较史论》,持续在这一领域中钻研,最大的收获和发现是什么？

丁帆：我始终认为,要真正认识中国,认识中国文化的本质,你一定要深入农村去体会,才能从感性的经验中获得理性的归纳。六年插队的生活让我把研究的目光聚焦在这块土地上。看乡土社会的沉浮,就能够测出中国社会的温度,而百年来许许多多描摹这块土地上人和事的作家,究竟能够在思想和艺术上将它写得有多深刻,如何将此上升到哲学批判的高度,应该是从事这个领域研究的学者打开这扇重门的钥匙。关注乡土就是关注中国,我在这块土地上收获的是一个人文学者应该持守的人道主义的价值立场,以及能够用一双内在的眼睛穿透一切艺术形式看清何为伪乡土文学的本领。

舒晋瑜：您认为现代作家中乡土小说写得最好的有哪些

作家？

丁帆：从1912年到1949年，最好的乡土文学作家是鲁迅、废名、沈从文、萧红、吴组缃、台静农、卢焚、李劼人、周立波等，1949年以后，应该是赵树理、柳青、刘绍棠、高晓声、古华、莫言、贾平凹、陈忠实、路遥、余华、阎连科。

舒晋瑜：为何要把赵树理归在"1949年以后"？

丁帆：毫无疑问，赵树理成名在40年代，我在拙著《中国乡土小说史论》（江苏文艺出版社1992年版）和《中国乡土小说史》（北京大学出版社2007年版）里论证得很详细，我这里是从文学史的角度去有意拔高赵树理，因为长篇小说才是代表一个国家和一个时代文学的最高水平，无疑像《三里湾》这样承上启下的作品代表的是共和国乡土文学的开山之作，我是以红色经典视角来划分作家前后期影响的，尽管40年代茅盾、郭沫若一批大家对《小二黑结婚》《李有才板话》等作品都有盛赞，也算是解放区文学的标帜性作品。但毕竟在1949年的全国文学版图上只是地域性的一部分，并非主流地位；1949年以后文学史才追诉其主流地位。

为什么"南周北赵"的周立波划在了1949年前，即便是红色经典，周立波的《暴风骤雨》得斯大林奖也是在1948年。我这里之所以这样说，完全是从文学史的角度来说的，而不是从作家成名先后，许多作家是跨民国与共和国两个时期的，文学史编排时可上可下，而我这里目的是想把赵树理作为共和国乡土文学创作方法和模式的祖师爷来说的。

舒晋瑜：您如何看待中国当代作家在乡土小说写作上的成就和不足？

丁帆：中国当代作家的优势和劣势是一种二律背反的吊诡现象，一方面是他们在《讲话》的工农兵方向指引和惠顾下，每个人都有着一段痛苦和忧郁（也许有些作家尚未见识过外部世界时他自认为是幸福）的乡村生活，丰厚的生活积累成为他们在题材选择上的天然优势；但是当他们没有另一种文化和生活作为价值观念的参照系的时候，他们的写作是处于一种低水平的对生活的直接描摹。只有他们走出了圈养他们的那块土地时，他们才能在广袤无垠的天空中翱翔。生活与视界是乡土文学作家最宝贵的财富，只有同时获得这两种资源，你才能成为一流的乡土作家。

舒晋瑜：当代作家中，不同年代的作家对于乡土小说的看法和写作均有变化。孟繁华有一个论断，认为随着乡村文明的崩溃，"乡土文学的理念已经终结"。您以为呢？

丁帆：不同代际的作家对乡土题材的处理当然是不同的，因为他们生活在每一个不同的时代里，所接受的主导性的文化密码是不同的，也就是文化基因是不相同的，当然写出来的东西也就不同,同样,生长在不同的空间中,也会造成他们的差异性。但是,乡村文明的崩溃,尤其是乡绅文化解体,并不能够充分证明"乡土文学的理念已经终结"。毫无疑问,乡土经济的溃败已经是中国社会不争的事实,农村宗法社会秩序的解体,也是显见的现象。然而,几千年的封建意识和它的隐形统治方式还在延续,只要乡与土还在,只要那个顽固的意识还在,乡土文学就未终结,我们盼望着它的终结,到了那一天,鲁迅的思想也就没有任何现实意义了。

舒晋瑜:文学从古典向现代的转变是一种进步,您认为这种进步体现在哪里?当下我们倡导的还是回归传统文化。

丁帆:我认为古典文学的受众面小,诗词歌赋这些小众的文学,是不利于大众传播的,对一个国家和民族的文学发蒙是有碍的。古典文学向现代文学的转换,标志是白话代替了文言,其受众面扩大了,其实,明清白话小说早就白话了,就是因为白话,明清文学的高峰才能形成,最重要的元素就是受众面越来越大。清末民初为什么通俗小说流行,它推动了文学的现代性转型,这些都是在形式层面的变革。真正在内容上的变革是启蒙思想的导入,先进的文化和文学观念改变的是人的精神和灵魂,所以五四才把立人的思想放在文学的首位,所以五四文学首先是人的文学。包括许许多多的世界名著的翻译进入了文学界,大大丰富了中国现代小说从形式到内容的革命。

就我的直觉判断而言，读现代文学作品的人是远远大于读古典文学作品的人的，你别以为当下什么古诗词朗读大奖赛之类的电视节目搞得轰轰烈烈、热闹非凡，但那都是伪显学。我敢肯定人们在现代小说里汲取的营养，包括审美的需求，是远远大于古典文学的。因为现代文学中富含的大量现代性的营养是文学教育最好的资源，且古典文学已经是凝固的样态，而现代文学却是一个源源不断的资源库，他给人们提供的文学营养是永不枯竭的。

学界早有"当代不如现代，现代不如古代"的说法。丁帆认为，这种说法是不符合实际的，学科不分高低贵贱的，唯有学者的视界、学养和气度才是治学水平高下的最终衡器。无论你从事什么学科的文学研究，倘若没有文学史的意识，就不可能成竹在胸，从更高层面去解读作家作品和一切文学现象。

舒晋瑜：因为对知识分子问题上有那么深刻的认识和坚守，那么您作为批评家的时候，是否更为严苛和尖锐？

丁帆：当然，我认为马克思主义的批判哲学就是所有人文知识分子所应该秉持的价值立场，这是一个十分高的标准和要求，正因为我们太缺失了，所以，有坚守者就十分不容易了。对，作为一个批评家就应该面对一切文学现象做出最公正的独立判断，包括你身边最亲近的人，别林斯基对果戈理的严厉抨击就是知识分子良知的显现,他以公正的价值观彰显了一个文学批评家应有的立场。

还有一点,就是一个批评家最难做到却又是必须面对的问题:自我反省和自我批判!我想清理自己几十年来的学术,究竟哪些错误是值得批判的,这样才能完善自我,只有不断完善自我,才能去担当批评的职责。所以,这 20 年来我提倡知识分子的"自我启蒙",否则第三次启蒙就是一个虚妄的词语。

舒晋瑜:在文学批评方面,您自己比较认可的成就有哪些?

丁帆:当我回过头来再看自己文学批评的文章,总会感觉到遗憾,总会想,倘若我现在写就会那样写,就会有更多的论据,就会有更新的论点,就会有更精彩的论证过程。可惜昔日不能重来,但是这说明我也在进步。

舒晋瑜:您认为做评论最难的是什么?觉得对自己评论形成干扰的因素有哪些?

丁帆:最难的是写自己不想写的文章。最大的干扰就是想说的话不能说。

舒晋瑜:是否也有把握不住作品的时候?不同时期对同一部作品的认识是否也会发生不同的变化?

丁帆：把握不住作品的时候，就是你没有仔细阅读作品，或者就是你瞻前顾后，不敢直言。当然，不同时期对一部作品的认识是在变化的，因为你和作者都受着那个"时代统治思想的统治"（马克思语），这就是历史的局限性。

舒晋瑜：您的评论所关注的领域，发生过怎样的变化？回顾多年的评论生涯，您愿意作何总结？

丁帆：我所关注的作家作品领域，因着作家创作和思想的变迁，许多作家落伍了，许多作家变异了，许多作家先锋了，许多作家突飞猛进了；我所关注的批评领域和文学史领域，更是发生了巨大的变化和分化。现在还不是总结的时候，只有待到暴风骤雨过后，我们才能清楚地看到人和事的本相。

舒晋瑜：您从事评论工作40年，最深的感触是什么？

丁帆：作为一个批评家，最好的状态就是与作家保持距离，最好是不要交朋友，批评家最自由的状态就是按照自己的思维逻辑去批评，不受外界任何干预，但这在中国很难做到。

舒晋瑜：您认为自己的评论对作家的创作起到了怎样的作用？

丁帆：我不认为我的评论是指导作家的，至于我的批评能否给作家提供一个什么样的有参考价值的意见，那是作家自己的事情，对他的创作起不起作用，那取决于这个作家自己的认知。

舒晋瑜：您如何看待当下的批评？为何有的作家对评论并不认可？您认为中国批评界出现了什么问题？

丁帆：当下的批评环境并不乐观，尤其是消费文化的魔指伸进了批评界，许多评论文章就显得十分暧昧与可疑了。作家对评论认可与否并不重要，重要的是批评家失去了批判的锋芒，这才是最致命的问题。

舒晋瑜：如何判断一部作品的优劣？做评论，您一般从哪里切入？是否也有一套自己行之有效的方法论？

丁帆：判断一篇作品的优劣主要是看一个批评家的学养积累和价值观的正确，而非主要依傍方法的新奇。我始终认为，文学批评和文学评论只要不离开人性的母题，你的价值判断就不会出大问题。

舒晋瑜：您曾为从事批评的年轻人开具了如下书单：《苏联的心灵》（以赛亚·伯林）、《西方文论关键词》、《剑桥文学史》、《论美国的民主》（托克维尔）及《20世纪外国文学史》。为什么？您认为现在青年批评家存在什么问题？

丁帆：第一本书是因为我们同样经过了那样的文化时期，

苏联的文化文学史是我们的一面镜子,而我们的许多年轻人并不知道那一段历史,所以提醒知识分子不要丢失自己的良知。第二本书是让从事这个行当的学者对西方的各种文艺理论流派有个整体的轮廓性的把握,基本上是作为工具书来用的,以防出现那种天马行空、不知就里的批评错误。第三本书也是工具性的,作为一种参照系,我认为这种历史的客观陈述,留下了论述的空间,有助于启发我们的思考。第四本书是为了对读托氏的《旧制度与大革命》,因为整个一百多年来,我们的文化史和文学史都没有偏离这个中轴线,如果曲解了革命滥觞的经验和教训,尤其是英美革命与法国大革命这一对"姊妹革命"的区别,我们就不能清楚我们做过什么和我们正在做什么!第五本书原来是想开《俄罗斯"白银时代"文学史》的,但是因为难以购买,就拿这个三卷本的文学史作替代,以扩大参照系。

文学史从现代和古代的划分,分水岭是在民国的1912年。1912年到1919年,这7年到哪里去了呢?丁帆的《新旧文学的分水岭——寻找被中国现代文学遮蔽的这七年》,在中国现代文学界成为热点。

舒晋瑜:在您主编的《中国新文学史》(高等教育出版社)中,对那些被认可的或者重新"发现"的作家作品做出新的解释和评价。能否具体谈谈对哪些作家作品有颠覆性的重新发现和评价？学术界对此有何反馈？关于现代文学史的起点有很多种说法。您追回到现代文学史最初七年（1912—1919），这样的判断对研究文学史有何意义和价值？

丁帆：这种说法最早不是我提出来的，本世纪初张福贵他们就提过，但是时机不成熟，我虽然早就想发表文章，但是卡在辛亥革命前夕发表是我的"狡猾"之处。其实这只是一个常识的问题，而最可悲哀的是，我们往往把常识当作创新。

舒晋瑜：您的《新旧文学的分水岭》被《新华文摘》转载。这种大文学史观在学术界有何具体影响吗？

丁帆：是的，这篇文章反响甚大，这种断代方法其实是十分守旧的，回到了中国古代文学史依傍政治社会史的方法，按照朝代更迭纪年划分文学史断代，虽陈旧，但是也不无道理，因为每一个朝代更迭，都会有新的文学元素的植入的，尤其是民国进入现代社会后，其现代性触发了五四新文化运动；而共和国文学的确立则也是意识形态的一种新的模式。当然，学术乃公器，这种说法只是一种而已，你不能强求别人也同意你的观点，但是有争论学术才能有进步。

舒晋瑜：您对新时期文学地图的描绘分为三种形态，前现代，现代和后现代，成为中国梯度型的文学地图，这样的分法，其合理性在哪里？

丁帆：这是 20 年前写的文章，现在中国社会文化地理版图格局虽然有所变化，但是仍然有效。从表面上，这是一个经济发展梯度的不平衡状态，其实也是文化和文学观念发展的实际状况。提供这样的一种文化地理版图的模型，主要是让大家宏观地把握三种不同的文化语境对作家和评论家的影响，让大家的对话当中，清楚自己与对方的位置，有助于沟通和理解。

舒晋瑜：早在 20 世纪 90 年代初，您就参加了华东师范大学徐中玉先生主编的《大学语文》教材的编写。那个时期的编辑阵容应该是很豪华吧？您认为那时候的教材编写和现在有何不同？

丁帆：是的，那个时候我作为一个年轻教师参与编写这部集体项目很荣幸，和大师们在一起，学到了许多东西。那时候编写教材的认真是现在不能同日而语的，要经过许许多多次的讨论和修改，一篇篇过堂，一字字推敲，严谨的治学态度让人终身受益。

舒晋瑜：您后来还为外研社重编过《大学语文》，主编过《中国新文学作品选》，参与编写大学、中学语文教材。您在编选中有哪些不变的原则或标准？变化又体现在哪些方面？

丁帆：不变的原则就是坚持马克思主义的批评精神，坚守人性的价值立场，坚持独立判断的视野。变化的只是在形式与方法上吸纳新的技术。

舒晋瑜：您认为今天的大学教育存在怎样的问题？

丁帆：中国的大学教育存在的最大问题就是扼杀人的创造天赋，扼杀人的独立思考的能力。

舒晋瑜：您还主编了《中国西部现代文学史》（人民文学出版社即将出版），可否具体谈谈其价值和出版的意义？

丁帆：这部文学史是我与我的博士生和博士后在本世纪初就完成的一个课题项目，尤其是马永强担任的工作最多也最繁重，同时，他又是一个十分认真严谨的学者，因此，这次我们专门去西部进行了考察，并对原稿进行了大幅度的修改和增删。此书出版十几年来收到了广泛的好评，尤其是对当下西部文学的创作和评价有着重要的参考价值。这次人民文学出版社组织修订再版此书，也是因为看到了它的学术含量和社会影响吧。

早在 1990 年代后期，他就提出知识分子的自我启蒙问题，认为它的意义比启蒙更重要："目前中国知识分子应承担的最大责任是'二次启蒙'：不仅承担启蒙群众的责任，还要不间断地自我启蒙，唤醒自己的社会良心，促成人性的敏感和自知，从而避免启蒙的再次溃败。"丁帆多年来始终将批判的重心放在知识分子身上，对知识分子问题进行长期而深入的批判性反思，显然都源于这一思考。在中国文化现实中，这一思考具有充分的现实意义，也颇具前沿性。

舒晋瑜：《江南悲歌》随笔集以江南文化为中心，重点梳理了明清以来江南社会中的文化人物和文化事件，哪些文化人物作为书写对象，您在选择上有何标准？

丁帆：那也是一部影射当下知识分子的再版书籍，虽然做了修订和增加，但是主旨不变，借旧文人的气节来嘲讽当下无行的知识分子。

舒晋瑜：《江南悲歌》可以看作是一部从明清以来江南知识分子文化心灵的解剖史。您最欣赏哪些知识分子的作为？您理想中的知识分子是怎样的？

丁帆：我的意思并不是让人简单地陷入古代文人愚忠的逻辑怪圈当中，而是要提醒每一个知识分子在任何外部压力面前都要保持自己内心良知的那个人性底线。你说是节操也好，操守也好，反正要尊重自己独立思想和人格的价值判断，尤其是那种不受外来任何干扰的第一直觉判断。做别林斯基那样的批评家，做马克思那样的永远的批判者。

舒晋瑜：在《夕阳帆影》和《枕石观云》中，您更着力于对现代知识分子的精神审视。我很想了解，您是如何做到能够如此深入到鲁迅、郭沫若、茅盾、老舍、胡风等现代作家的心灵世界？

丁帆：我对鲁迅的研究并不深刻，因为当今的知识分子谁也不能说他读通读深了鲁迅，以我的浅见，一俟鲁迅的论调过时，这个世界就太平了。我将郭沫若定为批评知识分子的靶向，就是要告诫当今的知识分子引以为戒，不要做被后人唾弃的无行文人。因为参与了《茅盾全集》的编辑工作，接触到了一个现代知识分子在历次革命洪流中内心的苦苦挣扎，眼见着这个矛盾体的沉浮与兴衰源自自己的立场"动摇"，他不想害人，也不想被人害，这是大多数知识分子明哲保身的心态，虽不能诟病，却也不能赞扬。老舍之死一直是被人们津津乐道的话题，我要探究的却是他的灵魂中尚有多少为了"配合"时政而构思的作品没有付诸实践？至于胡风，我们在赞扬他的人格操守时，切莫忘记他的文艺思想里也带有许多细菌。他们的灵魂深处都有不易让人觉察到的一些知识分子的"时代病"。

舒晋瑜：1990 年代以来，随着中国社会的转型，知识分子的生存状况也发生了复杂的变化，您对"走向颓败和萎靡的知识分子文化进行了尖锐批判，发出了对真正知识分子'你在哪里'的急切呼唤"（贺仲明语）。感觉您在那样的环境和语境中，发出这样的声音，类似《皇帝的新衣》中的小孩。这样的发声，有认同和呼应吗？您觉得孤独吗？

丁帆：其实这是一个简单的常识性问题，但是我们往往会自设许许多多貌似自洽的逻辑，把一个简单的道理复杂化，从而逃避知识分子自身应该担当的社会责任，在一个无声的中国为自己寻觅一条精神的逃路，包括我自己在内，被许多外在的东西所羁绊和束缚，放弃了应尽的职责。当然，全国有许多像我这样的同类，即使没有，又有什么关系呢，因为你服膺的是你自己内心的不孤独，而非看能够陪你走夜路的同道者的多寡。

舒晋瑜：您曾在《读书》杂志连续 4 期，发表关于对知识分子的价值认识的文章，在学术界引起很大反响。您认为知识分子的价值体现在哪里？

丁帆：2012 年《读书》破例连载 4 期，发表了那组《寻觅文学艺术的灵魂和知识分子的良知》的长文，那时，我沉湎于以赛亚·伯林的理论研究，而他对苏联知识分子的摹写和灵魂的解剖，让我从这面镜子里看到了 20 世纪中国知识分子的种种行状。我认为这些文章的价值就在于给当下的知识分子，包括我自己在内的写作者浇了一盆冷水，以警惕自己的行为弊端。

舒晋瑜：与以赛亚·伯林《苏联的心灵》、拉塞尔·雅各比《最后的知识分子》、马克·里拉《当知识分子遇到政治》和阿伦特《论革命》等论知识分子和政治制度的理论著作相比，您认为自己关于知识分子的论述有何独特之处？

丁帆：与他们专长的政治理论相比，我就是一个打酱油的人，试图用他们的理论来对照当今中国的文化语境，试图寻觅符合中国国情的文化与文学理论的新路径，我没有独特之处，只不过就是用他人的文化惆怅浇自己胸中的文学块垒。要说独特之处，那是因为发声的知识分子太少了。

舒晋瑜：您也时常将矛头对准自己，将自己作为剖析对象，不留情面地进行自我批判和反思。比如《一个亲历者的自白书》一文，从"一个从红卫兵到知识青年全部精神裂变过程"的亲历者身份，回顾和思考红卫兵和知青运动。如何做到如此清醒而深刻的反思？

丁帆："文革"初期，我还是一个13岁的少年，初中二年级，在起初的狂欢中到坠落红尘的反思，像我这样普普通通的人，甚至沦为"狗崽子"的人不少，并不都是那种"坏人老了"的人，在"文革"中作恶多端者毕竟是极少数人。所以，反思"文革"是我在二十几年前就开始的工作，当时有人还嘲笑我是"杞人忧天"，殊不知，这样的反思对于一个国家和民族来说都是十分必要的。

舒晋瑜：虽然文章具有批判的力量和精神，但在批判方式中蕴藏着深厚的人文情怀。这种情怀来自什么？

丁帆：所谓人文情怀，无非就是人性的觉醒，当你陷入一种空洞的理论教条的时候，你不会体会到现实生活中许多让你感动的东西的，只有你在现实生活中亲身体味到人生的酸甜苦辣时，才能激活你的感性认知世界，从而将你的形而上的理论上升到一个更高的境界。你只有接触到最底层的社会生活，你才有可能从宏观上把握社会，才能具备一种超越亚里士多德"同情与怜悯"的实践性经验。而插队的生活正是我确立以人性为本的人文情怀的坐标来源。

舒晋瑜：您如何评价当下的中国知识分子？

丁帆：在一个满是浮油的河流中觅食的浮游动物，他们失去了鱼类逆流而上的习性，顺流直下，只要有所吸附，就不再思考。我和我们就是这样一只虚无的软体动物。

（原载《当代作家评论》2017年第5期）

图书在版编目(CIP)数据

乡土田园的悲歌 / 丁帆著. — 南京：南京大学出版社，2025.6. — (九歌学术文丛). — ISBN 978-7-305-28860-9

Ⅰ. I206.7

中国国家版本馆 CIP 数据核字第 2025MW3685 号

出版发行	南京大学出版社
社　　址	南京市汉口路 22 号　邮　编　210093
书　　名	**乡土田园的悲歌** XIANGTU TIANYUAN DE BEIGE
著　　者	丁　帆
责任编辑	刘静涵
印　　刷	南京爱德印刷有限公司
开　　本	787 mm×1092 mm　1/32　印张 7　字数 146 千
版　　次	2025 年 6 月第 1 版　2025 年 6 月第 1 次印刷
ISBN	978-7-305-28860-9
定　　价	50.00 元

电子邮箱　Press@NjupCo.com
网　　址　http://www.njupco.com
官方微博　http://weibo.com/njupco
官方微信　njupress
销售热线　025-83594756

版权所有，侵权必究

凡购买南大版图书，如有印装质量问题，请与所购图书销售部门联系调换